Tomizza, Der umgestürzte Turm

Fulvio Tomizza
Der umgestürzte Turm

Prosaskizzen
Aus dem Italienischen von Maria Fehringer

Wieser Verlag

Deutsche Erstausgabe
Titel der Originalausgabe:
La torre capovolta

© Copyright der Originalausgabe beim Autor

© Copyright der deutschen Ausgabe
1990 by Wieser Verlag Klagenfurt/Salzburg
Lektorat: Ludwig Hartinger
Umschlaggestaltung: Matjaž Vipotnik
unter Verwendung des Bildes »L'ultima Babele« von Giovanni Duiz
Satzherstellung: TextDesign, Klagenfurt
Druck: Satz-&Druck-Team Klagenfurt
ISBN 3 85129 023 2

Für meine Tochter Franca

Heutige Bezeichnung der wichtigsten im Buch erwähnten Ortsnamen:

Capodistria – Koper
Fiume – Rijeka
Giurizzani – Juricani
Grisignana – Grožnjan
Montona – Motovun
Piemonte d'Istria – Završje
Pinguente – Buzet
Pisino – Pazin
Pola – Pula
Portole – Oprtalj
Quarnero – Kvarner
Segna – Senj

Metamorphose

Kleine Haufen waren in der Wiese links neben der Straße aufgeschüttet, gleich nach dem letzten Haus von Cipiani, wo noch die Hebamme und Patin von uns allen aus den umliegenden Dörfern lebte – die Väter holten sie oft mit der Laterne, denn es passiert immer nachts. In diesen Erdhaufen nistete eine Unzahl leuchtender Insekteneier, und da ich wußte, wie sehr die Gegend von kleinen, schwarzen Fliegen heimgesucht wurde, steckte ich einen trockenen Dornbusch an und trug die Flamme mit einem von irgendwelchen Sonntagsausflüglern weggeworfenen Fetzen Papier zum nächsten Strauch. Binnen kurzem hatte ich fünf, sechs kleine Feuer entfacht, die das unbebaute Stück Land reinigen sollten, und neugierig ging ich zur ersten, schon erloschenen Feuerstelle, um nachzusehen: aus der schwarzen Erde waren kleine, hellblaue Schmetterlinge hervorgekommen, ähnlich den Vergißmeinnicht.

Die wiederholte Hochzeit

Der Spaziergang ließe sich fortsetzen bis zur Blisinia, genauer gesagt zum Weinberg von Luvigi Zupan, danach wuchsen die Zypressen schon auf der Straße und in der Hecke. Ich konnte unmöglich weitergehen, obwohl die Nacht klar war wie der Tag und ich eine starke lebendige Gegenwart um mich herum spürte: die Zweige eines nahen Baumes – vielleicht eine hohe Eberesche – bewegten sich zu sehr, als daß nicht eine Menschenhand dahintersteckte, vielleicht ein Junge, der hinaufgeklettert war, um sich die Jacke mit Kirschen zu füllen, oder nur so aus Spaß, ich aber war kein Kind mehr, und was konnte zu dieser Stunde schon einer wie ich, ein Mann in meinem Alter, anderes tun als mit einer Frau sein? Tatsächlich waren es zwei, und obwohl es Nacht war und sie erwachsen (um nicht zu sagen, Mann und Frau oder Verlobte), taten sie etwas Verbotenes, denn es handelte sich immerhin um einen Baum, und es ist bekannt, daß man sich auf einem Baum nicht lieben darf, vielleicht ist es nicht einmal menschenwürdig; gleich würden sie es zu tun bekommen mit der Volksmiliz, die plötzlich auf Fahr- oder Motorrädern auftauchte, wie die Carabinieri zu Zeiten Italiens, mit Taschenlampen auf der Lenkstange. Wirklich, es war die Miliz, sie suchten nämlich mich, den sie vom Dorf bis hierher verfolgt hatten, weil sie glaubten, mich ohne Papiere anzutreffen. Ich aber hatte den Personalausweis bei mir und, wenn sie wollten, auch den Paß, sie konnten nichts sagen, und die anderen wurden von so großer Nachsicht – wie sie meinten – getäuscht und dachten auch gleich, sie hätten die nächtliche Kontrolle verursacht, ich spreche nicht von den zweien oben auf der Eberesche oder dem Kirschbaum oder tatsächlich der hohen, dichten Pappel, die zwar ein wenig darunter leidet, aber ein umso besseres Versteck bietet, sondern von den anderen, den anderen Frauen, die ihr Gewerbe öffentlich ausübten und keinen besseren Ort fanden, wo sie ihre Kunden hinbringen konnten, als dieses Gestrüpp, das an den Friedhof grenzte. Sie stoben aus verschiedenen Entfernungen, aber alle gleichzeitig hervor wie junge Stuten, und während die verhinderten Männer sich, so gut es ging, versteckten, fingen jene sofort an zu klagen, nicht um ungestraft davonzukommen, sondern um die Strafe herunterzudrücken, die eine Hand schon am Täschchen.

Man sah Materada, die Kirche und den Turm, und ich, nach den mehr als dreihundert Jahren, in denen wir alle da hindurchgegangen waren, wie hatte ich nur anderswo heiraten können, wie vor allem konnte ich meinen gegenwärtigen Bund als gültig ansehen, ohne in diesen Bänken gesessen zu sein? In der mir eigenen Art, die Wirklichkeit auf den Kopf gestellt zu sehen (von seltsamen, wunderlichen Fäden zusammengehalten, immer wieder denselben, die ein Lächeln des Schauderns hervorrufen, wie wenn man ganz angespannt ist oder im Wasser die Zähne aufeinanderpreßt), sagte ich mir angesichts der weißen Fassade und der dreihundert Jahre, was konnte schon die Geschichte, und gar die Politik, die danach gekommen war, zählen. Ich mußte also noch einmal heiraten.

Schon erwarteten mich die Trauzeugen und die Gäste (die Braut war nicht da, was hatte sie damit zu tun?), und ich mußte mir nur noch die Füße waschen, fünf Minuten, aber das Wasser kühlte nicht ab. Ich lief hinaus, um meine geduldigen Festgäste auf dem Kirchplatz zu beruhigen (die Hauptsache war nicht einmal, in die Kirche hineinzugehen, sondern sich von dort in einem Zug zum Geburtshaus zu bewegen), und sie gewährten mir gern ein paar Minuten, sodaß es mir noch mehr leid tat, sie warten zu lassen, es waren auch alte und strenge Männer dabei wie Nini Sferco, der eigens von seinem neuen Landgut im Friaul gekommen und nach dem Tode seiner zwei ältesten Söhne sicherlich noch verschlossener geworden war. Ich war fast fertig, schlüpfte in die Jacke, froh über das Fest, aber auch über meine Fähigkeit, an zwei Orten gleichzeitig zu sein, mir die Füße in der Schüssel gewaschen zu haben und bald zu jenem Haus hinunterzugehen, wo meine Mutter schon zwischen Küche und Stube beschäftigt war und, obgleich im Morgenmantel, vielleicht auch nicht vergessen hatte, uns etwas Gutes zu bereiten.

Die Nachbarn

Die Familie war gewachsen; im Auto saßen ich, meine Mutter, mein Bruder, dessen Tochter und mein Sohn. Die Kinder zupften, im Fond an die geduldige Großmutter gedrängt, an einer imaginären Margerite, die das Mädchen, die Ältere, in der Hand zu halten vorgab. Wir verfuhren uns mehrmals und durchkreuzten halb Friaul: der Ort, den wir erreichen sollten, war klein und teilte seinen Namen mit mindestens vier anderen Dörfern. Da wir schon verhindert gewesen waren, am Begräbnis teilzunehmen, fühlten wir uns nun verpflichtet, in die Familie unserer ehemaligen Nachbarn, die nach dem Auszug aus Istrien dorthin gesiedelt waren, ein wenig Trost zu bringen oder auch nur zugegen zu sein, denn erst jüngst waren sie von einem neuerlichen Schicksalsschlag getroffen worden: ein Jahr nach dem Verlust des ältesten Sohnes, der bei einem Verkehrsunfall ums Leben gekommen war, hatte der Zweitgeborene, Antonio, einen Tag vor seinem 34. Geburtstag, die Besinnung verloren.

Ich ermahnte meinen Bruder, achtzugeben: wir fuhren auf einer Sandstraße und waren mehrmals, fast ohne es zu merken, von der Spur abgekommen, was die – für den Moment – einzige Unannehmlichkeit zur Folge hatte, daß das Auto nach einer halben Drehung um sich selbst mit einem sanften Dahingleiten der Reifen in einer tiefen, ausgefahrenen Furche zum Stehen kam, begleitet vom Freudengeschrei der Kinder und heftigen Hochziehen der Augenbrauen meiner Mutter.

Der Motor starb ab und mußte neu gestartet werden; oft war es besser, bewußt im Sand weiterzufahren und erst dann wieder auf die Straße, welche inzwischen eine weite Kurve gezogen hatte. Es war nämlich kaum ein Unterschied zwischen der Straße und den Sandfeldern, kein Geländer, keine Mauer, keine trennende Hecke grenzten sie voneinander ab. Von Zeit zu Zeit tauchte ein vereinzeltes Schild auf, und die Autos, denen wir begegneten, schienen alle direkt auf uns zuzufahren; nachdem sie uns mit ihren Scheinwerfern geblendet hatten, schwenkten sie plötzlich doch zur Seite, und schließlich gewöhnten wir uns an dieses Spiel. Die Stimmen der Kinder hinten schwollen dann immer an, in einem langgezogenem „u", das unfehlbar den Kammerton erreichte, wenn im entgegenkommenden Auto das Steuer herumgerissen wurde, und die Großmutter hatte alle Hände voll zu tun – sie drohte Kopfnüsse an und die Aufhebung schon gemachter Versprechen –, um wieder Ruhe herzustellen. Das hätte – jetzt wo ich darüber nachdenke – äußerst beunruhigend sein müssen an jenem Sommersonntag, in einer der authentischsten Feld- und Wiesenlandschaften Italiens, die, auf eine platte Sandebene herabgekommen, sich zu beiden Seiten der Straße verlor und dennoch vom Vollmond beleuchtet wurde. Ich habe den Verdacht, daß an einer bestimmten Stelle das Auto eine sorgfältig geschnittene Buchsbaumhecke überfahren hatte, die plötzlich aufgetaucht war, obwohl ich mir in Wirklichkeit nicht erklären konnte, wie das möglich gewesen wäre. Ich erinnere mich genau, daß niemand von uns Angst hatte – ganz abgesehen davon, daß die Kinder friedlich an der Seite der Großmutter eingeschlafen waren. Und dabei fuhren wir sehr schnell... Aber konnten denn irgendwelche Unfälle passieren auf diesen Feldern, die eben wie eine Wasserfläche waren, meilenweit nicht die Spur einer menschlichen Seele, die man eventuell zu Hilfe hätte rufen können, und wir, die da ruhig auf dem Wasser dahinfuhren? Vielleicht auch aus diesem Grund entschloß sich mein Bruder an einer bestimmten Stelle, die Straße endgültig zu verlassen: und da war der Sand weich und sprühte prasselnd von den Scheinwerfern weg.

Plötzlich tauchten wieder Autos auf, als ob sie in der Zwischenzeit nur auf die allzu offensichtliche Entscheidung meines Bruders gewartet hätten; überholten uns und schossen, obwohl so viel Platz war, noch enger an uns vorbei, schnitten uns sogar.

Ruhig am Steuer wechselte mein Bruder die Gänge, verlangsamte und gab wieder Gas. Nur meine Mutter zeigte sich erstaunt, als er „Wir müßten angekommen sein" sagte, und ringsum nicht ein Baum stand. Ich hatte es beizeiten und durch eigenen Schaden gelernt, daß er dem natürlichen Mißtrauen zum Trotz, das ich ihm gegenüber hege – als Kind zweifelte ich an seiner Fähigkeit, eine Probe zu bestehen, die auch nur die geringste Spur von Abenteuergeist verlangte, und jetzt latent an seinen Fahrkünsten –, immer alles meisterte, und ich mich immer schämen mußte über mein kleinliches Urteil. Auch jetzt weckte er erneut meinen Zweifel mit seinem: „Wir müßten angekommen sein", ich hätte sicher nur „Wir sind da!" ausgerufen. Das war aber auch Ausdruck seines ungeheuren Bedürfnisses, über mich zu triumphieren, und der in mir schwelende Zorn, wenn nicht gar Groll, den ich auszulassen versuchte, indem ich die Wagentür hinter mir zuschlug, war also gerechtfertigt. Aber kaum ausgestiegen, war ich auch schon bis zur

Hüfte in einer Kalkgrube versunken; im Licht der Scheinwerfer versuchte ich herauszukommen und wäre daran verzweifelt, hätte ich nicht meine Mutter und die Kinder vom Wagenfenster zu mir herlachen sehen und meinen Bruder ohne Eile seines hinaufkurbeln. Er reichte mir schließlich eine Hand, aber als ich wieder Boden unter den Füßen bekam und nochmals im Sand ausrutschte, der jetzt bis zum Knie an mir klebte, schaute er mich bitter vergnügt an, wie um mir zu zeigen, wohin es immer wieder unweigerlich führte, wenn ich partout nicht auf ihn hören wollte.

Ein Mann kam uns aus einer schmalen Pappelallee entgegen; es wäre mir peinlich gewesen, wenn er meinen Bruder mit schon zum Gruß ausgestreckter Hand antreffen würde und mich dagegen in so einem Zustand, und da ich jetzt nur noch im Sand kniete, sprang ich aus eigener Kraft auf und putzte mir eilig die Hose ab.

Der Mann – ein Alter, den ich von irgendwoher kannte – drückte meinem Bruder die Hand und neigte bei dessen Erklärungen bescheiden das Haupt, wie um zu sagen: verstehe. Sodann bückte er sich zum Autofenster, zog den Strohhut, als meine Mutter ausstieg, und wartete geduldig, daß die beiden ihm unbekannten Kinder aufhörten, einander zu zwicken, und endlich herauskletterten. Mir, dem es unerklärlicherweise immer noch nicht gelang, aufrecht zu stehen, bot er die Hand nicht; aber dann ging er ein wenig aus sich heraus und lächelte mir sogar zu, als ob ihn meine unwiderstehlich zum Lachen reizende Gegenwart seinen Schmerz für einen Augenblick vergessen ließe.

Er ging den Weg voran, der nun gefährlich abwärts

führte, mit der deutlichen Absicht, uns die Strecke zu erklären; wies uns tatsächlich auf Balustraden mit Weinstöcken auf der rechten Seite hin und links auf ein überhängendes Bachbett, das in einem Rinnsal fauligen Wassers zwischen Brennesseln und Konservendosen endete. Auch von hinten kam er mir irgendwie bekannt vor – die gedrungene Gestalt mit den herabhängenden Schultern, die schlottrige, weit über der Hüfte gegürtete Hose –, es wunderte mich, daß nur ich das merkte und sogar Freude darüber empfand, wo ich doch bislang von ihm am wenigsten beachtet worden war. Ich war mir sicher, daß er weinte, aber als er sich auf eine Frage meiner Mutter, die sich für die Kulturen interessierte, umdrehte, waren seine Augen trocken: traurig, abwesend, aber von keiner Träne genetzt. Er wies uns nun auf einen sehr hohen Baum hin, bei dem einem schon vom Anschauen der Krone schwindlig wurde. Da fühlte ich mich im Recht, etwas zu sagen, denn ich erinnerte mich ganz genau.

„Aber ist das nicht der Nußbaum, den ich und Antonio gepflanzt haben..."

Er schaute mich an und wartete mit wohlwollender Herablassung, was noch käme.

„Im März haben wir ihn gepflanzt, ich hielt den Stamm, er schaufelte zu."

Der Alte antwortete nur: „Das sind Bäume von hier; geben einen Ertrag wie der Mais, sodaß wir den nicht einmal mehr für die Polenta nehmen."

Ich ahnte, daß wir inzwischen angekommen waren, obwohl weit und breit kein Gebäude zu sehen war; nur ein paar Zuber standen auf der nassen Erde, auf einem schiefen Tisch lag die ausgewrungene Wäsche, und dazwischen stelzten ein paar Hühner herum.

„Gleich werdet ihr Antonios Kinder sehen", sagte der Alte und öffnete eine zwischen zwei Pfeilern aus weißem Stein improvisierte Tür. Heraus kam ein halbes Dutzend etwa gleichaltriger Kinder, darunter mein Sohn.

Ich sagte sofort zum Bruder: „Du hast deine Tochter im Auto vergessen". Er antwortete: „Nein, nein, sie kommt uns schon nach."

Und tatsächlich führte die Nichte, die älter als die anderen war, die kleine Gruppe im Zickzack um den Strohschober herum, und ein jedes hielt sich an der Schulter des vorderen fest.

Der Alte breitete die Arme aus, wie um zu sagen: das ist alles, was mir geblieben ist; und mir versetzte es einen kleinen Stich, denn seine Geste schloß auch meinen Sohn ein, der außerdem nun als einziger wie blöd um den Strohschober kreiste.

Aber da war die Frau des Hauses mit dem weißen Kopftuch vom Brotbacken herausgekommen. Meine Mutter ging auf sie zu und sagte: „Es ist kein Grund zum Weinen, auch wir...". Doch sie merkte, daß das reichlich unangebracht klang, und so war sie auch nicht darauf gefaßt, als die andere sich anschickte, sie zu umarmen; das Ganze wirkte deshalb sehr ungeschickt, und der Alte wartete mit geneigtem Haupt. Er sagte, um es beiden nachzusehen: „Es ist leicht reden" und entschuldigte sich, daß er uns ein wenig vernachlässigt hatte, hieß uns auf einer Bank Platz nehmen, schenkte ein und verschüttete den schwarzen Wein auch auf das Tischtuch. Und hinter dem Rücken meiner Mutter sagte seine Frau, weil es sich so gehörte, aber wenig überzeugt, „Allegria, auf die Heiterkeit!", eine nunmehr inhaltslose Gewohnheit, und murmelte weiter, ganz gelb im Gesicht.

Mich verwunderte auch, daß die beiden Eheleute immer noch ausschauten wie früher, daß sie in der undefinierbaren Kategorie alter Leute, „Erwachsener", geblieben waren, der ich sie kurz und bündig mit meinen Kinderaugen zugeordnet hatte. Indessen aßen wir eine dicke, ungewohnte Suppe, deren Grundlage Kuddeln waren, und die Hausfrau redete noch immer mit meiner Mutter, die sich nicht gesetzt hatte und an einer grüngeblumten Wand lehnte, legte dabei Brot auf den Tisch und verschob ein Besteck um ein paar Zentimeter. Manche ihrer Antworten sprach sie genau in mein Ohr, wenn sie sich streckte, um mich von hinten zu bedienen. „Da sind die Steuern, dieses Jahr die Trockenheit.. Ich frage mich, wie es ohne die Kinder gehen soll."

Die Mutter fuhr in ihren Tröstungen fort, welche aber in der Situation geradezu unverschämt klangen: „Ihr werdet es schon schaffen. Habt ihr nicht die Tiere, einen Traktor? Der fährt von alleine." Und noch ärger war es, als sie dann in einem ganz anderen Ton sagte: „Ja, ja, die Kinder sind Goldes wert."

Ich war versucht, sie anzuschreien, und hätte es sicher auch getan, wenn ich nicht gemerkt hätte, daß das Gleichgewicht, welches sich spontan aus Gewohnheit und auch wegen der gegenwärtigen Lage eingestellt hatte, eher labil war und leicht gestört werden konnte durch zu persönliche Äußerungen, und daß womöglich gar alter Streit zwischen zwei Nachbarsfamilien wieder aufgewärmt worden wäre, an den ich mich in Wahrheit nur vage erinnerte. Deshalb stand ich auf, hatte zunächst große Mühe, aus der Bank hinauszukommen, dann mich aus der Schar Kinder zu befreien, die sich unter den Tischen dieser Art langer und verrauchter öffentlicher Tafel tummelten.

Als ich draußen war, sah ich meine Frau an einer nackten Steinmauer stehen. „Was machst du hier?" fragte ich.

Für sie war es, als hätten wir uns einen Augenblick zuvor getrennt, und als ob sie eine gerade unterbrochene Überlegung weiterführen wollte, wandte sie sich mir zu, um etwas zu sagen; ihr Ausdruck kündigte allerdings eine beschlossene Sache an, und ich, der die Unwiderruflichkeit der Entscheidung fürchtete, sagte sanft zu ihr: „Was machst du hier? Warum kehrst du nicht nach Hause zurück?"

Sie ließ erkennen, daß sie meinen zurückhaltenden Ton würdigte, und wollte sich erklären: „Da sind all diese Kinder... Und die können nicht, verstehst du, sie können nicht".

Das „verstehst du" und vor allem die Wiederholung klangen mir ein wenig falsch, fast theatralisch; ich verlor einen Moment lang die Ruhe und erhob die Stimme: „Und ich, was bin ich? Dein Sohn, was ist der für dich? Schluß mit diesen anderen".

Es reute mich sofort und, da ich mich mit einem Mal erinnerte, daß unsere Kindheiten völlig getrennt verlaufen waren und wir uns erst nach zwanzig kennengelernt hatten, verspürte ich eher Neugier, zu erfahren, welche Verbindung zwischen ihr und dieser Familie bestehen könnte. „Wo du sie doch gar nicht kennst", sagte ich.

„Ich habe geglaubt, dir eine Freude zu machen. Kaum habe ich es erfahren, habe ich alles liegen und stehen lassen; und den Bus genommen."

Ich war wieder nahe daran, die Beherrschung zu verlieren. Wann würde ich ihr endlich klarmachen, daß es nicht nötig war, mich immer beim Wort zu nehmen? Daß sich zwischen meinen plötzlich auftauchenden, überschwenglichen, leicht evangelischen Appellen und dem wirklichen Handeln der zähe Fluß meiner angeborenen Faulheit wälzte, der noch angeschwollen war durch die unserer Zeit eigene Langeweile und Gleichgültigkeit? Die Umstände erlaubten es wieder einmal nicht, und so mußte ich meine Würde – und diesmal in ziemlich auffälliger Weise – kompromittiert sehen und ihren überzeugtesten Verteidiger, vielleicht für immer, enttäuschen.

Ich mußte also zulassen, daß sich die Kinder auf sie stürzten und sie am Rock zupften, daß sie sich geduldig jedem einzelnen mit einer direkten Anrede, einer eigenen Liebkosung zuwandte – und obwohl sie die Worte und Gesten variierte, wußte sie ihre Unparteilichkeit aufrechtzuerhalten, auch als die Reihe an meinem Sohn war, der unerklärlicherweise nicht so tat, als hätte er sich mehr erwartet, als ihm zugedacht war. Ein Stachel fuhr mir ins Herz, als ich die Szene verfolgte und sah, daß – auch mein Sohn ein Verbündeter gegen mich – genau die Grundsätze verwirklicht wurden, die ich so oft mit schwärmerischen Worten predigte. Es zeichnete sich auch die einzige ihr mögliche Form von Verrat oder nur Achtlosigkeit mir gegenüber ab: fast ein Übermaß an Ergebenheit, das sie dazu brachte, die Regungen meiner Seele aufzunehmen und in Tat umzusetzen, während ich sie nur ausströmen ließ, um mich von ihnen zu befreien.

Aus einer Tür schlüpfte der Alte, gefolgt von meinem Bruder, der sich ein wenig krümmte und die Wangen aufblähte, als hätte er gerade Natrium genommen. Meine Mutter und die Hausherrin schauten in ein Gefäß mit Saatgut, nicht ganz einig über die Qualität oder den besseren Ertrag – die Mutter prüfte ein paar Körner auf der offenen Handfläche und hatte sich dazu sogar die Brille aufgesetzt. Der Herr des Hauses stieß plötzlich noch eine Tür auf, die in den Keller führen mußte. Mit den Worten: „Da halten wir den Antonio" forderte er uns auf, hineinzugehen.

Mein Bruder folgte ihm als erster, ich hatte ein wenig Angst und blieb auf der Schwelle stehen. Aber noch mehr fürchtete ich das Dunkel, das ich drinnen verursachte, weil mein Körper genau im Licht stand, und ging weiter.

Antonio schien noch ein Junge, wie er so dalag, Gesicht und Füße gezeichnet von unserer roten Erde, auf alten Mänteln – gefärbte Militärstoffe –, die bei den Hirten in Gebrauch waren. Er schwitzte, meiner Meinung nach; jedenfalls glänzten kleine Tropfen auf seiner Stirn.

Sein Vater näherte sich ihm, bis sein Atem ihn berührte, und sagte schmerzlich: „Und du willst einfach von nichts wissen..."

Der Ton wie auch die Worte selbst waren herzzerreißend, sodaß mein Bruder ihm eine Hand auf die Schulter legte, um ihn zu trösten, aber auch um ihn wieder hinauszudrängen; ich hingegen blieb unschlüssig stehen, weil mir schien, daß Antonio nur so tat, als ob er schliefe – das war eine seiner Eigenarten –, und wäre ich nicht um meine Frau besorgt gewesen, die sich unnötig aufopfern würde, hätte ich einen Weg gefunden, ihn zum Aufstehen zu bringen.

Eine ganze Wand des Kellers war hinter einem Haufen Wassermelonen verborgen. Ich wollte gerade mit einer Geste hin zu Antonio sagen: „Geben wir ihm eine Melone", als der Vater vorsichtig eine nahm, sie abwog, zur Rundsichel griff und sie öffnete. Heraus floß Blut. Ich sprang auf, denn ich hatte offene

Sommerschuhe an. Der Alte schüttelte den Kopf und sagte zu meinem Bruder: „Es ist immer das gleiche".

Ich wollte hinaus, wollte vor allem weg. Ich machte die Tür zu, damit nicht dieses ganze Blut auch noch herausströmte, und rannte zu meiner Frau. Nun war auch sie als Bäurin gekleidet, sie, die Städterin, die in dieser Aufmachung eher an eine Statistin aus einem Film erinnerte; und mir erschien es legitim, sie aufzuklären: „Verstehst du nicht, daß alles erfunden ist? Alles nur dazu gemacht, daß du bleibst?"

Mein Bruder hupte, und mir klopfte heftig das Herz, denn es war keine Zeit mehr zu verlieren, und außerdem wußte ich, daß ich recht hatte, daß es sich nicht lohnte, daß mir, als ich die Tür schloß, war, als hätte ich gesehen, wie sich Antonio zur Seite gedreht hatte, und daß es den Kindern im übrigen gut ging und sie sich vom Auto mitziehen ließen, das ohne mich abfuhr.

„Willst du wirklich nicht kommen?" fragte ich sie und schon wandte ich mich um, zum Lauf.

„Warum fragst du mich das?" antwortete sie, keineswegs theatralisch, im Gegenteil, mit einem eher überlegten Ausdruck, der aber ohne jede Ironie oder Verachtung für meine mehr als offensichtliche Lust abzuhauen war; mit jenem dunklen Muttermal, das so sehr mir gehörte, auf der rasierten Augenbraue und fast majestätisch vor den niedrigen Weiden im Hintergrund. Ich dachte: „In jedem Fall kann ich wieder kommen und sie holen"; und winkte ihr zum Abschied mit der Hand.

Ich lief im Schlamm, beschmutzte mir die Schuhe über und über mit Dreck, tat so, als würde ich die Kinder hinter der kleinen Mauer nicht sehen, bei denen wahrscheinlich auch mein Sohn war. Was sollte ich ihm auch wirklich sagen? Daß ich ihn der Mutter und der Großmutter anvertraute oder daß ich ihn mit mir nahm und seine Mutter daließ?

Ich klammerte mich an die Autotür fest und begann einen Streit mit meinem Bruder: „Bist du verrückt, so abzuhauen?"

Er war allein im Wagen. „Ich kann doch nicht bis morgen warten", antwortete er vernünftig wie immer. Und wie immer fühlte ich mich beruhigt und beschützt von seiner sicheren Art, mit der er nun das Steuer übernahm und durch den Regen fuhr, und die Geborgenheit des geschlossenen Autos war noch behaglicher durch das rhythmische Surren der Scheibenwischer.

Der gläserne Pilz

Auf der Straße nach Cranzetti zeigte ich Celso ein Feld mit verdorrten Dornbüschen. „Man nennt sie Disteln", sagte ich und merkte, wie ich ein wenig auftrumpfte. Ein Stück weiter am Heimweg, auf der Höhe des großen wilden Kirschbaums von Barbota (wir wurden immer ermahnt, von seinen Früchten nicht zu essen, weil unter dem Stamm der Kopf des alten Besitzers lag, die Kirschen waren auch wirklich alle wurmig) stand eine kleine Villa, die ganz aus Beton gebaut und in grellen Farben bemalt war. Der Schulkollege wollte meine Bescheidwisserei herabwürdigen und fragte mich, wie man denn diese Art gläsernen Pilz oder dunkelblauen Stalaktit aus dem 20. Jahrhundert bezeichnen könnte, der da gedieh im Winkel zweier Mauern aus modernem Material. „Flechte? Parasit? Osmose?" murmelte ich vor mich hin, während er in dem steilen, nur mit sorgsam gemähtem Gras bewachsenen Garten einen ganzen Armvoll unvermuteter Eierschwammerl sammelte.

Das Blatt

Sollte eine Allergie solche Wirkungen hervorrufen? Aus einem nicht näher bezeichneten Gefängnis in mir war auf meiner gesunden Hand, die nicht von dem Ausschlag befallen war, der von einer später eingezogenen Arznei herrührte, ein riesiges grünes Insekt gewachsen: eine Heuschrecke, die den ganzen Handrücken wie ein Weinblatt bedeckte. Aber ihre hohen Beinchen, die direkt aus meinem Fleisch wuchsen, staken in der Haut. Abgesehen davon, daß mir die Sache keineswegs neu war, warum – trotz ihrer unbestreitbaren Schönheit und des Gefühls beinahe eines Privilegs, das sich davon ableitete, wie von natürlichen, aber umgekehrten Stigmen – warum schämte ich mich ihrer so heftig, wie eines geheimen Males?

Mit fast mechanischem Entschluß und Gestus brannte ich rasch diese meine Schande direkt an den Wurzeln weg, die Beinchen vertrockneten, Brust und Unterleib erschlafften und zogen sich zusammen, und hinterließen sichtbar und nunmehr aschfarben die Äderung eines Blattes.

Der Flügel

Es hieß so ähnlich wie Montebelluna oder Monferrato, das Dorf, und lag drei Autostunden von Triest Richtung Italien entfernt, allerdings miteingerechnet, daß wir einen kaputten Scheinwerfer hatten. Es war bekannt für die allesamt unvollendet hinterlassenen Arbeiten, großteils in Holz, von einem aus der Bildhauerdynastie Della Robbia. Schon vor dem kleinen Museum beeindruckte mich der Entwurf für ein hölzernes Pferd ohne Reiter. Drinnen war dann wirklich die Stadt in Miniatur zu bewundern, mit ihren Wehrtürmen und innerhalb der Mauern Gruppen von knienden Mönchen, schwarz und weiß bemalt. Vor allem faszinierte mich das Material: das ungehobelte Holz der Mauern, das sich mitsamt den Sägezahnfurchen und Spangraten dort und da erhalten hatte. Aber jener unbekannte Della Robbia hatte sich ein Vergnügen daraus gemacht, damals wohlgemerkt, sogar Halsbänder für Hunde, Damenfilzhüte und wunderbare Kupferkochtöpfe für Polenta herzustellen, die alle wie Kunstgegenstände aus der Hand eines Meisters ausschauten. Ich hatte einen Freund in Montebelluna, der sich ebenfalls leidenschaftlich für die Kultur der italienischen Stadtrepubliken interessierte, weil sie ihm teilweise oder vollkommen fremd war. Von seinem Wohnsitz, weit vom Meer entfernt, hatte er mir eines Tages eine seltsame Ansichtskarte geschickt: aus einem großen, blauen Meer ragte nur das kleine Segel eines von Wellen überfluteten Bootes hervor. Ich hatte mich ganz gewaltig geirrt, es handelte sich nämlich um das wertvollste Objekt des Museums: die perfekte Nachahmung eines riesengroßen, durchsichtigen, unberührbaren Insektenflügels.

Das Auca-Gras

Sie hatten es mir als den Obstgarten Istriens angekündigt, das Dorf aus Sandstein, mit den Steilwänden, dicht gedrängt um ein verfallenes Schloß. Aber die Kirschbäume trugen keine Früchte, die Zwetschken hingen verdorrt an den Zweigen; wenige zurückhaltende Menschen, stille Kinder. Ein langer Weg führte bergab, der bis vor kurzem mit Brombeersträuchern und einem hochwachsenden, dichten und widerstandsfähigen Gras zugewachsen war, das sie Auca nannten; jetzt war da nur mehr ein schwarzes, sich lang dahinschlängelndes Feuerbett. „Wir haben es verbrannt, das Gras", fühlte sich ein junger Bursche bemüßigt, mir mitzuteilen, mit einem gewissen Stolz, der nur kindlich wirken konnte. Ich fragte ihn im selben Ton und mit demselben fernen Echo: „Gab es Schlangen?" Er biß an, mit leicht trockener Kehle: „Schwarze, riesige, jede Menge". Und genau in diesem verlassenen, grauen Dorf hatte Filumena Zacchigna sterben wollen. Natürlich ging ich nicht hinter dem Sarg her, verfiel aber in Trauer, wie mittlerweile beim allerfernsten Todesfall, so daß es mir nötig erschien, mich vor Mutter und Bruder zu rechtfertigen, indem ich ihnen in Erinnerung rief, daß sie einst unsere Nachbarin im Dorf gewesen war, daß wir und die Zacchignas gleichsam eine einzige Familie gebildet hatten. Es war jedoch mein Firmpate, Göd Gigi, der wirklich im Spital starb und dann in die Eiskammer gelegt wurde, wo ihm die Arme in einer nach vorne gestreckten Haltung wie bei einer Turnübung festfroren. Trotzdem ließen sie sich mühelos biegen und die Hände sanft und sittsam über dem Nabel falten, während auch der Oberkörper langsam auf die Seite rutschte und wie ein berühmter weiblicher Akt aussah oder wie bei den Türken oder Juden üblich, die eine Wange auf das Kissen legen.

Das Bergwerk

Von Bandel bis Feran verlief die reichste Ader des Kohlenbergwerks, in das ich mit einem gewöhnlichen, etwas wuchtigen Aufzug bis in tausend Meter Tiefe hinunterfuhr. Unten, den ganzen Schacht entlang, hatten sie ihre Kulturen, hauptsächlich Gemüse, und hatten vor allem ihre ganz besonderen Probleme (die Bewässerung, die Abgeltung der außergewöhnlichen Belastung am Arbeitsplatz, die man schwer berechnen konnte, da dort unten jede Stunde, nicht nur wenn sie arbeiteten, als außergewöhnlich anzusehen war, kurzum, das Fehlen jeglichen Verständnisses – wie man so sagt – seitens der Zentralorgane). Denn wie konnte man übersehen, daß da unten, in der Nicht-Sonne und den gelben Gesichtern (da es normale Familien waren, gab es auch Kinder und für sie Schulen) alles zu einem dringlichen, ernsten Problem wurde, das man nur mit schlechtem Gewissen anhören konnte? „Gesetzt den Fall", sagten sie und fuhren mit dem Arm über die grauen Wirsingfelder, sie brauchten nur den Mund zu öffnen und schon hatten sie recht, Bergleute, die nicht wieder hinauf wollten, sich in Kooperativen zusammengeschlossen hatten und in Gruppen eingeteilt, wie im Kartoffelfeld unterhalb von Kobljeglava (Stutenkopf) oder bei der Hopfenernte in Slowenien: bunte Tupfen von Frauen und Mädchen waren über die lange, ausgerissene Stange gebeugt, um die sich die Stauden-Frucht wand. Ich vergaß für einen Augenblick ihre gewerkschaftlichen Probleme, die vielmehr menschliche waren, und überraschte mich bei der Bemerkung: „Sie leben mitten in den Eingeweiden der Erde und sehen das wachsen, was wir nicht sehen, Knollen und Wurzeln, Rhizome.

Unterirdische Früchte

Endlich konnten wir den Kindern unser Land zeigen, waren selbst wieder zu halben Jugendlichen oder gar Kindern geworden, die mit Nita und Mida entlang der Hecken an den Sarajo- und Velignivawiesen Spargel ernteten – zwischen dem Gemüse standen die falschen Brennesseln, an deren Blütenblätter wir saugten – und wilder Spargel wuchs in rauhen Mengen, nachdem dort jahrelang alles verwildert war: wir hatten also bald eine Handvoll beisammen, legten die kleinen Bündel auf den Boden und wollten sie später wieder auflesen und einen großen Bund daraus machen, wenn nicht ein Schlaumeier uns alles gestohlen hätte. Gleich hinter der Hecke wurde die Erde fett und schwarz, wie in der Ebene, und dort hatten wir die Zelte aufgeschlagen, mit den Kindern und allem; und als ich den Boden untersuchte, sah ich aus der Erde etwas hervorsprießen, das ich gleich meiner Tochter und den Nichten zeigen mußte, eine seltene Frucht, auf die ich seit Jahren nicht gestoßen war oder die ich überhaupt noch nie gesehen hatte: schwarze Erdbeeren, ähnlich den Hecken-Brombeeren, sie wuchsen aber wie Knollen in der Erde, schauten kaum heraus und waren nicht größer als eine Himbeere. Alle staunten, und ich selbst sagte: „Das ist wirklich eine außergewöhnliche Erde, und auch das Jahr scheint außergewöhnlich zu sein", aber insgeheim überlegte ich, ob diese Erdfrüchte, über die die alten Leute vielleicht sprachen wie von den Eichhörnchen oder gar vom Bär auf den Babizza-Hügeln, nicht gerade wegen der langen Vernachlässigung und der allgemeinen Verwilderung herausgekommen waren, die das Land wieder frei gemacht hatten wie früher.

Es war also Frühling ringsum und ich wollte meiner Tochter den Lieblingsspaziergang des Vaters bei der Spargelsuche zeigen, vom See hinauf über die zwei Babizza-Hügeln, hinunter nach Valcuga, wieder hinauf über Sterpin und zurück zum See. Aber gleich auf der Klein-Babizza, wo der erste niedere Hügel in das Grundstück der Feletti überging, lag ein großer Weinberg mit gelben, schweren Trauben, vielleicht türkischer Muskateller. Trauben im Frühling? Und schon dachte ich an den Spruch „Obst aus andrer Saison, Gerede ohne Raison", als hinter mir anstelle des Kindes Tante Efa stand, mit der ich in Vidia Feigen gestohlen hatte, wo wir dann vom Unwetter überrascht wurden und die Blitze über unseren Köpfen zwischen die Weiden krachen sahen. Obwohl mein Magen Früchte aus anderen Jahreszeiten entschieden ablehnt, verleitete mich allein ihre Gegenwart sozusagen zum Raub, und ich nahm auch wirklich eine Traube oder zwei dieser bei uns seltenen Sorte, die man in solcher Menge nur in Sizilien sieht: doch da taucht ein Bauer auf, ein Fremder, der am anderen Ende des Weinbergs, über den Pflug gebeugt, ackerte und uns bemerkte, als er mit seinen Rindern in die zweite Zeile einbog, in der wir gerade waren. Er läßt alles liegen und stehen und rennt hinter uns her. Wir nehmen Reißaus, über die Klein-Babizza hinauf zur Großen, und er konnte uns zwar gewiß nicht einholen, denn die Zeile war lang, aber sie verfügten über Neuheiten und Erfindungen, vielleicht in Absprache mit der Kooperative, zum Beispiel schossen sie gegen die Wolken, um sich vor Hagelschlag zu schützen, und es begann tatsächlich, kleine Tränengasbomben auf uns zu hageln (schwarze Kohleplatten, wie man sie ins Weihrauchfaß legt), welche uns zum Husten reizten und am Ende womöglich vergiftet hätten. Aber mir gelang es, unter großer Mühe und äußerstem Atemanhalten durchzukommen, die Tante war vielleicht schon gefaßt, und da ich wußte, daß die Bauern nicht locker lassen, lief ich zu dem großen Wohnhaus eines Gehöfts, und die einzige Chance war, da hineinzugehen und mich für ein paar Wochen oder Monate bei diesen Leuten zu verstecken, die sofort bereit schienen, mir Zuflucht zu gewähren, und all diese jungen Mädchen am Ende der Welt, unter denen ich mir eine aussuchen würde und mit ihr in den großen Betten oder im Heu liegen, um den Preis, mich eine Zeitlang verloben zu müssen, damit ihre Ehre gerettet bliebe.

Der umgestürzte Turm

Der mich führte, hatte ihn schon mehrere Male gesehen. Er zeigte ihn mir deshalb ohne große Worte und doch ein wenig aufgeregt, als ob er vom Ort wäre und auch weil es keinen richtigen Namen dafür gab – Graben? Schlund? Wasserloch? –: fraglos die Attraktion der ganzen Umgebung, die wer weiß wie am Rand eines heruntergekommenen Dorfes im Landesinnern entstanden oder entdeckt worden war und nun die Menschen mehr und mehr anzog. Ich schaute. Noch nie hatte ich etwas derart Wunderbares gesehen, ließ einen Schrei los und sagte immer wieder: „So etwas Schönes habe ich auf der Welt noch nicht gesehen".

Talabwärts, in den Fels gehauen, mit der Spitze nach unten, kreisrund und ganz gerade, glich es einem umgestürzten Turm, war mehr kegelförmig als zylindrisch und so tief hinunter oder so perfekt in leichten Spiralen gebaut, daß man nicht erkennen konnte, wo es aufhörte. Zauber und Befremdung gingen gerade von dieser äußerst vollendeten Form aus und von einem vagen Gefühl der Unendlich- und somit Ewigkeit, das einmal nicht durch die Betrachtung von Gipfeln und Himmeln ausgelöst wurde, sondern direkt in die alte, da vorhandene Erde eingegangen, eingedrungen war. Über allem herrschte ein rechtschaffener, ganz bäuerlicher Stolz, ein Gefühl von Verehrung und Dankbarkeit dem gegenüber, der in unserer geschichtslosen Gegend, dieser unwegsamen Karstlandschaft (vielleicht gerade ihre Beschaffenheit klug ausnutzend) eines der Weltwunder hatte errichten wollen. Gewiß, es war nicht das kleine griechische

Theater über dem Dorf Palazzolo Acreide in Sizilien, das durch unterirdische Gänge mit einem kleinen Senat und der beeindruckenden Totenstadt verbunden ist, aber ein ebenso beachtenswertes Gebilde, absolut natürlich und abstrakt, weil reiner Selbstzweck, das jedoch bis ins Erdinnere führte und damit auf den Grund der Seele. Ob Dante es gesehen hatte, fragte ich mich und dachte an die Legende, wonach der Dichter bei uns gewesen sei, auf den Quarnero-Inseln und mit ziemlicher Sicherheit im alten Schloß Duino. Von daher hatte er also die Idee für seine Höllenkreise.

Ich wollte zum Turmeinstieg hinunter: die alten, ausgetretenen Stufen führten symmetrisch in die Tiefe. Seitwärts hatte man vor kurzem ein Wärterhäuschen aufgestellt; eine von noch weiter aus dem Landesinnern stammende Frau, die sich vielleicht während des Partisanenkampfes verdient gemacht hatte, riß eine Eintrittskarte ab und nannte einen Betrag. Auf der im Umkreis höchsten Eiche war leider ein gewaltiger Scheinwerfer zur nächtlichen Beleuchtung meines Wunders angebracht worden, wodurch auch dieses vordergründig und ohne Geheimnis erschien, wie alles heutzutage. Sofort bemerkte ich seine rissigen Wände, und die von allen Seiten vordringenden Quecken und Brombeersträucher.

Dante erwähnt die Gegend in seiner Divina Commedia, Inf. IX, 113 f.:
So wie in Pola, am Quarnero,
der Italiens Grenze bildet und umspült

Der heruntergelassene Rolladen

Mit eine Ursache war die zu schnell gemachte Fahrschule, dazu das monatelange Aus-der-Übung-Sein, jedenfalls konnte ich die Fahrt meines Wagens nicht mehr unter Kontrolle halten, auf einer Straße, die größer und breiter war als die nach Giurizzani hinein, wo ich versuchte, während ich das Pferd lenkte und meine Tante neben mir auf dem Kutschbock saß, im Dunkeln die Übergriffe ihres Verehrers abzuwehren, indem ich ihn zwang, mit dem Fahrrad im Graben weiterzufahren – „Oh, das macht nichts", sagte er, wie um sie zu beruhigen, jedenfalls schien es mir damals so, wütend, daß nicht einmal die gemeinen Taten eine Wirkung hatten in der Welt der Großen. Der Wagen schlitterte unkontrolliert dahin und geriet ins Stottern, wie kurz vor dem Absterben des Motors, und ich wurde hinausgeschleudert, aber da ich die niedrige Geschwindigkeit, besser gesagt, den Trab, beibehielt und eine Hand noch am Volant hatte, gelang es mir, wieder hineinzuschlüpfen, mich wieder mit gehörigem Schwung in den Sattel zu heben. Nun wurde ich gestraft für meinen Leichtsinn zu glauben, ich sei ein selbständiger Autofahrer, unter den urteilenden Augen des Bruders, eines erfahrenen Lenkers, der jedoch nicht eingriff, wahrscheinlich weil er einen Lancia hatte und von diesen gewöhnlichen 1100ern nicht viel verstand. Von der Vorsehung geschickt, tat sich mir zur Linken zwischen Bauernhäusern ein Tor auf, aber ich war nicht bei mir zuhause, sondern zwischen kleinen Villen mit blühenden Pflanzen auf den Umgrenzungsmäuerchen, wo man sich für ein Hochzeitsfest oder ein Begräbnis rüstete. Es waren auch schon andere Autos da und noch weitere wollten hinein und blockierten dabei den Verkehr und zwangen einen großen Lastwagen, im Rückwärtsgang einzufahren, was dieser schnell und ohne Anstalten tat, wobei uns ein gutes Drittel des Kastens fast völlig verdeckte und er wie über uns schwebend stehenblieb. Ich lief hinaus, um nachzusehen, mein weißes Auto war verschwunden, vom Ungeheuer verschluckt: das mußte ja schließlich einem passieren, der sich anmaßte, die Welt zu durchfahren und dabei womöglich in wenigen Minuten weit entfernt liegende Dörfer zu erreichen, in meinem Istrien, in dem es nur Feldwege gab. Das Schicksal wollte jedoch, daß ich mich allein oder allenfalls mit einem zufälligen Begleiter – wie etwa dem Chauffeur der Firma, der mich gestern nach Görz gebracht hatte – in einem richtigen Leichenschauhaus im Freien wiederfand, mit Terrassen, wo dieser Freund naiv und neugierig herumspazierte und nicht ahnte, wieviel mich eine einzige Minute des Verweilens in dieser Art überdachter Attika kostete, in deren zweiten Raum ich unter keinen Umständen schauen durfte. Ich konnte zwar hinaus, wenn ich unter dem Rolladen durchschlüpfte, der bereits zu drei Vierteln heruntergelassen war; aber dann, in Sicherheit, fragte ich mich, ermutigt durch die Tatsache, daß ich drinnen absolut nichts Beunruhigendes bemerkt hatte, warum, wo doch die sichere Welt nur einen Schritt weit entfernt war, nicht auch ich den Mut oder die Gleichgültigkeit aller anderen aufbringen konnte, und schlüpfte neuerlich durch jenen Schlitz, ging mit Herzklopfen weiter, obwohl sich vor mir nichts als nackte Wände abzeichneten, die sogar aus frischem Beton waren, und es entsetzte mich nicht so sehr der Gedanke, ich könnte den Gefährten nicht mehr finden, als die Gewißheit, der Rolladen wäre nunmehr zur Gänze heruntergelassen. Ich nahm die wenigen Kräfte zusammen, maß die Schritte genau ab und hielt die Augen weit offen, weil ich darauf baute, daß nichts Dunkles und Außerirdisches sich in der offenen Wirklichkeit zeigen könne. In der Tat, als ich den kurzen und doch endlosen Korridor hinter mich gebracht hatte, wirbelte es dort in einer kleinen Pension von rüstigen und ebenso prätenziösen alten Weibchen (in Wirklichkeit, wußte ich, vegetierten sie nur dahin), inmitten einer Stadt im guten, alten, verstaubten Mitteleuropa. Es war schon ausgemacht, welche bei mir liegen sollte, und ich, wiewohl ungläubig und ein wenig entrüstet, war dann doch nicht ganz abgeneigt nach der soeben geglückten Rettung aus dem eisigen Tod in ein Leben, das immerhin Leben war. Sie feilschten untereinander, mißmutig und lästig, in der kleinen, schlecht erleuchteten Küche, und auf das Drängen der einen (vielleicht der für mich vorgesehenen Gefährtin, die winterlich rote Wangen wie ein ungekochtes Würstel hatte), setzte die Hausherrin, leicht verärgert, weil jetzt etliche wollten, einen kleinen Topf mit ein wenig Wasser auf den Herd und tat etwas Seifenschaum und ein paar Kräuter hinein, um es weich zu machen.

Jenseits der Grenze

Es war ein seltsames Boot, überdacht von Planen, die mit vielen Seilen festgezurrt waren, eine Art Floß, und der Limski-Kanal bildete die Grenze. Mein Bruder und Gino Usco mußten ein neues Patent für eine Tasche oder einen Ledersessel hinüberbringen, das fast nichts kostete (darin lag der Clou), aber eine große Gefahr für alle darstellen konnte, falls es der jugoslawische Zoll entdecken sollte. Sie hatten es deshalb im Stroh versteckt. Zum Glück wurde an der Grenze nur der Paß kontrolliert, und strahlend brachten mein Bruder und Gino einen unversehrten Reifen zum Vorschein, der innen mit durchlöchertem Leder bespannt war und den man zu einem Sessel oder einer Tasche aufblasen konnte, als die Soldaten der Volksverteidigungsarmee an Bord wollten. Ich war ganz gefangen in der düsteren Angst vor dem Grenzübergang, die mich auch dann erfaßte, wenn ich ein ruhiges Gewissen hatte, umso mehr jetzt, bei dieser Verhöhnung und Untergrabung der heimischen Wirtschaft, die vom Westen übervorteilt wurde. Aber das Schmuggelgut kam durch, und wir erreichten Pola. Ich stellte es mir gern viel venezianischer vor, als es in Wirklichkeit war (im Grunde eine habsburgische Stadt, innerhalb der römischen Mauern wiederaufgebaut), und sah überall Brücken und kleine Plätze. Auf einer Piazzetta, die von einem Handwerkerhaus mit schön gearbeiteten Eisengittern an Tür und Fenstern abgeschlossen wurde, traf ich auf zwei junge Burschen, die von weiß Gott wo hergekommen waren, deren einer, ein dunkelhaariger, eher betrunken wirkte und sich vom anderen vorwärtsschieben ließ. Das Bangen von kurz zuvor wich nun der Furcht vor einem endlosen und unsinnigen Streit mit einem Betrunkenen. Sie reagierten aber ganz normal, als ich sie nach dem Hafen, der Mole und der Piazza fragte. „Hier unten", sagte der Betrunkene, „nur ein paar Meter, es ist ganz einfach." Steinplatten umgrenzten eine Art kleine Wassergrube, die nicht aus Eisen, sondern einem glitschigen Material wie Lehm war, außen rissig durch die hartnäckige Trockenheit. Der Bursche warf etwas wie einen Sprengkörper darauf, und beide warteten, daß der Deckel sich heben und wieder senken würde. Der Betrunkene (sie können nicht warten, die Betrunkenen) stampfte mit den Füßen darauf, aber der andere zog ihn zurück: „Bist du verrückt?", es handelte sich nämlich in Wirklichkeit um eine dünne Schicht Eis. Die weiche Oberfläche brach schließlich ein und gab einen unregelmäßig geformten Eingang frei, durch den ein Mann schlüpfen konnte. Als erster ließ sich der dunkelhaarige Betrunkene hinunter, er kam bequem vorwärts, was auch mich ermutigte, aber mein Abstieg wurde durch Wollknäuel, Watte und Müll behindert, immer dichteres Gestrüpp, sodaß ich fast nicht mehr weiter konnte und mir einen schrecklichen Erstickungstod vorstellte, inmitten von Abfällen, hinter denen ich das blaue Rund des Himmels oder vielleicht auch des Meeres nicht mehr sah.

Die Freundin aus Preßburg

Ich hörte als letzten und ganz deutlich auch unseren Familiennamen aus dem Mund des Direktors, der den Tod von vier Zöglingen auf einer Exkursion, vielleicht am Isonzo, bekanntgab. Niemals zuvor hatte ich mit solcher Gefühllosigkeit die Kombination von Konsonanten und Vokalen (und den Klang, der daraus entstand) aufgenommen, die so ausschließlich und gnadenlos die unseren waren. „Ist es möglich, daß gerade uns das passiert?" war meine einzige Reaktion und ich ging über die Nachricht und die Tatsache hinweg, daß ich auf tragische Weise meinen Bruder verloren hatte. Bestürzung stellte sich allenfalls bei dem Gedanken ein, es den Eltern mitteilen zu müssen, aber mit Schmerz erinnerte ich mich, keine mehr zu haben, nun wirklich allein zu sein, und welche Qual konnte schon ein Unglück in jemandem hervorrufen, der davon bereits Kenntnis hat? Nur die plötzliche Erinnerung, daß in seiner Jugend der Bruder ein wenig die Geige kratzte, vermochte mich zu rühren. Aber ich hatte mich schon – in jenem Halbschatten der Pinien am Meer – meiner Freundin aus Preßburg zugewandt, die dick und selbstbewußt war und deren stets wachen Nationalstolz ich reizte, wie es zwischen uns, und zwar auch in allen anderen Fragen, üblich war. „Also", neckte ich sie, „werdet ihr die Unabhängigkeit erhalten? Werdet ihr eure slowakische Republik bekommen?" Sie war deswegen in Rom gewesen, auf den Spuren eines Generals der Luftfahrt, der auf einem Flug umgekommen und ein paar Jahrzehnte danach zu einem Symbol der künftigen Republik für vier Millionen Menschen geworden war. Sie lächelte, sicher des nationalen Sieges wie auch der Tatsache, mich vollständig in ihrem Besitz zu haben. „Und aus mir, was würdet ihr aus mir machen; aus mir Heimatlosen," fuhr ich fort, immer weiter in unserem Spiel verfangen, „einen Tschechen oder einen Slowaken?" Sie gab mir die gehörige Antwort: „Auch du wirst Slowake sein, mach dir keine Sorgen", mit einem ganz weiblichen Unterton, mit dem sie mir drohend ankündigte, daß sie, die Frauen, die Zügel in der Hand haben würden, in der öffentlichen Verwaltung wie privat in der Liebe.

Vater-Sein

Ich war jahrelang fort gewesen, beim Militär oder im Internat, und kam nun wegen einer dringenden Nachricht zurück. Ein Mädchen, das mich in Abwesenheit geheiratet hatte, war gestorben, meine Frau, die ich nicht kannte, von der ich annähernd wußte, daß sie braunes Haar hatte, aber anders als die Wirkliche: aus einer anständigen Bauernfamilie, sie selbst groß und kräftig, ein Kind damals, an das ich mich nicht erinnern konnte und das mich wahrscheinlich gewählt hatte wegen des Prestiges, das die abwesenden Älteren immer bei den Zurückgebliebenen genießen, bestärkt womöglich auch durch irgendein gelungenes Foto von mir. Sie hatte mir auch ein Kind geboren oder sollte es eben gebären, und die Verwandten und Angehörigen waren aus Diskretion und Anteilnahme, die in der verworrenen Situation angebracht schienen, nicht imstande, mir zu eröffnen, ob es vor oder nach der Mutter gestorben war. Manche behaupteten, vorher, andere, danach; unter letzeren war die Freundin L., Tochter des bedeutendsten Dichters meiner Stadt und aus jüdischer Tradition heraus auf Fortsetzung der Art bedacht, die einen Ausbruch wenn nicht pfäffischer, so doch moralisierender Entrüstung nicht unterdrücken konnte: „Ich hätte doch gehofft, daß sie wenigstens dafür sorgte, zuerst das Kind auf die Welt zu bringen, bevor sie sich selbst zur ewigen Ruhe begab." Nun widersprach ihr aber einer, der wirklich vom Ort war und behauptete, das Kind sei tot zur Welt gekommen und die Mutter habe sich daraufhin selbst das Leben genommen. Mir blieb in jedem Fall nichts anderes zu tun, als vor meiner neuerlichen Abreise dem herzzerreißenden Begräbnis von Frau und Kind beizuwohnen und es sogar in die Wege zu leiten, wobei mir erstere vollkommen fremd war, viel weniger das zweite, das ich irgendwie als meines empfand – obwohl ich die Mutter nie wirklich kennengelernt hatte –; Garant dafür war im Zweifelsfall die Gegenwart meines Vaters, der wieder am Leben war und verstört wie alle anderen Familienmitglieder. In seinen Augen war ich eben ein armer Sohn, auf Urlaub zurückgekehrt und ein wenig alleinzulassen mit seinem großen Unglück (über das ich ihm vielleicht später einmal Rede und Antwort stehen sollte, aber nicht jetzt); die sterblichen Reste meiner Frau und des Kindes lagen tatsächlich in meinem gewohnten Zimmer aufgebahrt, in dem Bett, das mir seit meiner frühesten Kindheit zugeteilt war. Ich schlich mich herum, unverstanden oder gemieden, ohne Tränen und mit einem Knoten aus Verlegenheit, Müdigkeit und Mitleid in der Kehle, verriet aber dabei meine Ungeduld, die ganze Sache hinter mich zu bringen und so schnell wie möglich wieder fortzukommen, und verlieh meiner Wut und Empörung offen Ausdruck, als ich erfuhr, daß ein Streik ausgerufen worden war und das Begräbnis um weitere vierundzwanzig Stunden verschoben werden mußte. Jemand kam mir zu Hilfe, vielleicht der Kollege G., ein harmloser Junggeselle, der nach und nach zu einem Freund der Familie geworden war und nun für eine etwas weniger grauenhafte Unterbringung sorgte, oder besser gesagt, für eine Reduzierung der sterblichen Hüllen, indem er sie tatsächlich auf ein quadratisches Wachskästchen zusammenschrumpfen ließ, wodurch sich der blanke Bettüberzug genau in der Mitte aufwölbte, wie der Bauch einer Mutter.

Ich konnte somit frei in der Stadt umherschlendern, die jetzt Rom war, und sie zur Gänze mit der Straßenbahn durchfahren, um die Zeit totzuschlagen. Wegen des Streiks war aber nur die Linie 6 in Betrieb; bei einem Park mit Bänken sprang ich aus dem Wagen, um nach einem Moment des Zögerns wieder in dieselbe schon abfahrende Bahn aufzuspringen, in der Faust noch immer den aufgeweichten, zerknüllten Fahrschein, meinen einzigen Ausweis für die Welt der Lebenden.

Wallfahrt

Ich war nie zuvor auf einer Wallfahrt gewesen noch könnte ich bei zwei Geistlichen in der Familie wirklich sagen, wie sehr ich selbst wollte und wie weit ich liebevoll gezwungen wurde, daran teilzunehmen. Wir machten uns auf den Weg und befanden uns bald darauf in einem Spital im Freien, mit Pavillons und komplizierten labyrinthischen Wegen zwischen den Blumenbeeten, nicht weit entfernt vom Meer. Die uns für die Nacht zugewiesenen Zimmer sind Bienenwaben, im kleinen Theater des Görzer Internats untergebracht, und ich verliere den Schlüssel oder verirre mich nur, weil ich die Nummer meiner winzigen Kammer vergessen habe, genug, um mich einer liebenswürdigen Krankenschwester zu nähern, die (obwohl sie mich noch gar nicht gesehen hat) nichts anderes erwartet, als auf der Straße flüchtig angesprochen zu werden, wie wenn auch sie ein Minimum an Vorwand nötig hätte, um sich einzulassen; wir tauschen sogar einen ersten, raschen Kuß mitten unter den Leuten. Aber sie muß sofort wieder weg, macht vage Versprechungen, die sich nicht erfüllen werden – auch als sie zum Kuß einwilligte, war sie gedankenverloren und höchstens ein wenig neugierig –, Tatsache ist, daß man hier Gefahr läuft, nicht zu schlafen, und ich bin sehr müde, man kann sich hier nicht im Freien hinlegen, auf die nackte Erde, die wie heilig wirkt oder ansteckend, da sie immerhin die eines Spitals ist, eines Hospizes, und andererseits weiß man doch, bei einer Wallfahrt muß man in einer Klosterzelle schlafen. Ich folge einer anderen Krankenschwester, die noch leichtfertiger ist und, zumindest auf den ersten Anschein, alles andere als mittelmäßig, doch von einem unverschämten Auftreten, das sich leider als pure Grausamkeit herausstellen sollte: sie marschiert durch einen Gang mit schmalen Tragbahren, gewiß in der orthopädischen Abteilung, den seltsamen, zum Teil Ganzkörper-Gipsverbänden nach zu schließen und den schrecklichen Brandnarben der Menschen, die man auf der Straße zu übersehen vorgibt, sie steigt einfach darüber hinweg, tritt auf einen, an dessen Hals das nackte Fleisch hervorschaut und der vielleicht keinen Kopf mehr hat, jedoch immer noch jammert in einem schon zur Gewohnheit gewordenen Ton und mit fast litaneihaft vorgetragener, vergeblicher Empörung – weg, so schnell wie möglich weg von diesen Schreckensbildern, und verflucht sei mein nie befriedigtes Fleisch, immerhin bin ich auf Wallfahrt gegangen, um es zu kasteien. Aber wieviele andere sind ebenfalls gekommen. Zum Schlafen bleibt nur eine riesige Kantine mit kleinen quadratischen Bänken und Schemeln wie im Kindergarten, man kann sich auch hier nicht hinlegen, ein mageres Abendessen wird serviert, das man jedoch, um die Nacht ein wenig angemessener zu verbringen, in der konkretesten und schlauesten Weise zu sich nehmen muß, ganz langsam, bis der Morgen anbricht, so wie es mein gewiefter Verwandter macht, der Monsignore, der ganz ruhig dahinschlürft und die Serviette auch für den Salat auseinanderfaltet. Ich gehe einen Augenblick hinüber, in den Vorraum zur Küche oder den Gang vor der Zugstoilette, da ist eine Blondine aus Mailand, die ich bei einem Ausflug kennengelernt habe, nicht schön, aber noch jugendlich, gutsituiert und ein bißchen zu alt, um wirklich unbescholten zu sein. Obwohl sie in Begleitung ist, gelingt es mir, wer weiß wie, mich heranzumachen und die Aufmerksamkeit des anderen abzulenken – um sie kümmere ich mich nicht, sie ist mir sicher – und sie rasch zu berühren, aber über das beiläufig Gewährte und selbst bei du auf du Normale hinaus, und sie hielt still und alles ging glatt vor sich. Ich muß immer auch ein wenig dem Verlauf der Wallfahrt folgen, immer wieder meine Teilnahme daran bekräftigen, aber in dem riesigen Zimmer liegt man auf Obst, und als ich mich neuerlich umdrehe und gegen die Schiebetür drücke, hat sich die Vorküche oder der Winkel des Gangs, der mit Koffern vollgestopft war, in ein gar nicht so übles Zimmerchen verwandelt, wenn man berücksichtigt, daß wir in einem Zug sind und überhaupt an einem sehr bedenklichen Ort, fast ein Luxus, den sie sich erlauben kann, die jetzt ganz allein und voller Erwartung langsam die Jalousien herunterläßt.

Der Garten des Eustachio

Ich kehrte mit dem Fahrrad von Cipiani zurück, es war Hochsommer, da sah ich im Olivenhain der Petrović, wo seit jeher Ölbäume standen, einen kompletten Obstgarten. Ich hätte mir etwas nehmen können, wir waren verwandt, aber der Grund war jetzt an irgendeine Familie von Hiergebliebenen oder gar an die Kooperative übergegangen. Ich ging trotzdem hinein, da lagen die Melonen, und etwas weiter standen die Feigen- und Nußbäume, genau auf jenem kleinen Feld, das mir gehört hatte und nur zwei Schritte vom Dorf entfernt war, sodaß wir es nicht Feld, sondern Garten nannten. Ich war also im Garten von Eustachio (der nach dem ersten Besitzer und unserem letzten Pächter so hieß) und entdeckte Zucker- und Wassermelonen und sogar einige Tomaten und Kürbisse, die in der roten Erde wuchsen und reiften. Ich beugte mich über das zarte Gewächs, das sich am Boden verzweigte wie Efeu, und eine kleine Melone lag offen da, als wollte sie mir zu verstehen geben, daß sie reif sei, aber für mein Gefühl war sie noch zu sehr an die Mutterpflanze gebunden und haarig, und in der Tat, als ich mich ganz niederbückte, um ihren Duft zu kosten, roch ich nur das Gras und ging weiter, es war noch nicht Juli. Deshalb konnten auch die Nüsse nicht reif sein, vielleicht schon herausgebildet, aber noch zart und ganz eins mit der Schale, abgesehen davon, daß sie ohnehin klein und halb leer bleiben würden auf diesem viel zu großen Baum, und schon ging ich zurück zur Feige, für die die richtige Saison war, als aus Großmutter Fedoras Olivenhain

Tante Efa hervorschlüpfte, hocherfreut zu sehen, daß ich Schaden anrichtete. Mit lauter Stimme, wie bei ihr üblich, forderte sie mich auf: „Nimm nur so viel du willst, mach einen Schaden von wenigstens zweitausend Lire". Ich lachte glücklich unter den Feigen, als ich ihren Kommentar hörte, mit dem sie auf ihre Weise die große Zuneigung zu mir ausdrückte, sie stampfte mit dem Fuß auf und setzte wie verrückt fort: „Wenn mein Stefano hier gewesen wäre, niemals hätte ich das Land der Regierung abgetreten". Aber nicht einmal die Feigen waren reif, sie schienen nur so, weil eine unbekannte Hand sie betastet hatte, was zwar auch unwahrscheinlich war, da man die Früchte nunmehr an den Bäumen verdorren ließ oder auf der Erde verfaulen, und sich nicht einmal die Tiere um sie scherten.

Dalmatinische Inseln

Wir segelten noch auf dem Meer, da tauchte in unserer Nähe wieder die Insel auf, mit ihren verlassenen Wegen und ihren Gefängnissen. Und bald waren wir zwischen den rosa Häusern von Rab, am Boot schon hatte man davon gesprochen, daß es auf dieser Insel kein Wasser gab. Beim Umsegeln einer Meerenge hatte jemand vorausgeschickt, daß da so viel Sauerstoff war vom blauen Himmel und vom blauen Wasser ringsum, so weit das Auge reichte, daß das allein genügte, den Durst der alteingesessenen Inselbewohner zu löschen. Frauen in Tracht erschienen zwischen den Mandelbäumen, auch junge, aber zahnlose Mädchen zwischen den zum Trocknen aufgehängten Leintüchern. Ihr Stolz konnte sich nur auf eine andere unbekannte Besonderheit gründen, welche, indem sie ihr widersprach, die erste bestätigte: sie hatten nämlich eine Wasserpumpe, die unter einem Feigenbaum von einer eigens dazu bestimmten Einheimischen bedient wurde, um den Durst und zugleich die Neugier der Touristen zu stillen.

Doch ich war wieder in Fiume, zur Abfahrt auf die Quarnero-Inseln bereit. Nahm aber die falsche Fähre und befand mich auf einem Handelsschiff, dessen schwarze Ketten einem zwischen den Füßen durchglitten wie Nattern, zugleich aber viel dicker und eher wie Autoreifen waren. Und mir blieb nichts anderes übrig, als in Pola an Land zu gehen. Zum Glück gab es auch auf dieser Seite Inseln (die Brionischen); hinter den Werften warteten einige Autobusse. Ich zog es vor, den Weg zu Fuß zurückzulegen, durch einen

Talkessel aus Sand. Und da war ich auch schon in Segna, der Stadt der Uscocchi, mit seiner zum Teil maurischen Architektur. In einer Kirche oder Baracke, die auf die Piazza hin offen war, feierten zwei mächtige dalmatinische Mönche mit allzu weißen und offensichtlich falschen Bärten eine Messe, fluchten dabei auf die Idioten, die nicht imstande waren, das Wahre hinter ihrem Theater zu erkennen, in Wirklichkeit aber verehrten sie den Namen Jesus und Mariens. Und sagten zueinander: „Weißt du übrigens, daß er nicht auferstanden sein kann?! Ich wette eine Million, daß er nicht auferstanden ist!" und brachen in schallendes, einhelliges Gelächter aus. Der eine war der Heilige Hieronymus, der andere Niccolò Tommaseo.

Niccolò Tommaseo, 1802 in Dalmatien geboren, 1874 in Florenz gestorben, sammelte italienische und slawische Volkslieder, Dichter religiöser und patriotischer Gesänge.

Zigeunerin

Im Autobus besichtigten wir die für ihr gotisches Gerichtsgebäude berühmte Stadt in der Toskana. Es setzte sich in einer endlosen Folge niedriger Kuppeln und Kapellen aus schwarz-grün gestreiftem Marmor fort. Das Besondere und Reizvolle lag darin, daß das unvollendete Werk dank der Kontinuität einer berühmten Handwerkertradition bis auf den heutigen Tag fortgesetzt wurde: nur der zu frische Marmor stach ab und ließ den Zubau erkennen. Man hatte ebenso niedrige und im selben Stil gehaltene Restaurants und andere Lokale angeschlossen, direkt an das historische Gebäude, sogar einen Ofen im Freien für Gerichte am Spieß. Wir nahmen unsere Exkursionsfahrt wieder auf und fuhren am Fluß entlang, knapp am betonierten Ufer, der Bus neigte sich, ich saß am Fenster, die Füße gleichsam im Wasser, tot vor Angst. Aber das Flußbett war trocken, zumindest dort am Ausgang des vielleicht sogar natürlichen Tunnels: Wir befanden uns am Ende des Wasserlaufs, wo sich im Schilf die Menschen armselige Strohhütten erbaut hatten, mit scharenweise gerade ausgeschlüpften Küken und Federn überall, in einem schwülen Nomadendunst. Als erster war mein kommunistischer Kollege ausgestiegen, der natürlich mit gutem Recht den armen Leuten gegenüber vertraulich tun konnte, und sich dabei sogar einige Freiheiten herausnahm. So zertrat er, ohne sich darum zu kümmern, die Eier von noch nicht ausgeschlüpften Küken, um das tatsächliche Elend aufzuzeigen, in dem man heutzutage noch leben mußte.

Es erschien eine der dort Wohnenden und lachte ein wenig; aber wichtiger mußte wohl die andere sein, picco bello gekleidet, mit Lederstiefeln, schwarz im Gesicht und schwarz die Augen, ganz glänzend die Haut, ohne Zweifel eine Zigeunerin. Sie blickte mich gastfreundlich an und bestand zuallererst darauf, daß ich mein vom Fluß durchnäßtes und nach der langen Reise nicht mehr weißes Hemd wechselte. Sie selbst zog mir ein sehr kurzes, mit Spitzen besetztes über, das eher das Männerjacket ihrer Zigeunertracht war. Ich konnte gut und gern für einen Zigeuner gelten, im Vergleich zu den Reisegefährten, so an ihrer Seite, wie sie mich ins Dorf führte, in eine Art Supermarkt, wo ich ihr etwas kaufen wollte, was sie ablehnte und dabei aber mit den Augen an den roten Bonbons hing. „Nimm nur, nimm ruhig mehr als eine Packung", doch sie war mißtrauisch wegen der unterschiedlichen politischen Ausrichtung unserer beider Länder, obwohl ich slawisch sprach und sie sich vor den anderen Frauen des Dorfes damit brüstete, und das Gespräch kam auf Tito. „Nichts Tito", begann ich vorsichtig, aber ihr Gesicht verdüsterte sich. Kindlich verbesserte ich: „Ich wollte sagen, daß ich nicht aus Titograd bin, aus Montenegro, sonst würde ich besser Serbokroatisch sprechen, meinst du nicht?" „Ist schon recht", kommentierte sie lachend. Ich hätte die Bonbons mit den Lebkuchenstücken bezahlen können, die ich zuvor als Rest herausbekommen hatte und die mir in der Tasche zerbröselten. Aber ich schämte mich vor meiner stolzen Begleiterin und zog große Dinarscheine hervor, als die Frau an der Kassa meine wirkliche Nationalität erkannte und balkanisch verlangte, ich solle in Lire zahlen.

Vorfahren

Bevor sie auf Jagd und Fischfang gingen, allein in unseren Grotten im Winter, wovon hätten sie sich ernähren sollen, wenn nicht von ihren Kindern? Welchen Sinn der schändlichen Leidenschaft geben, und wie anders sie rechtfertigen, die geheimnisvolle Fähigkeit, sich jederzeit zu vermehren, verglichen mit den anderen Tieren? Sie erregten sich vielleicht an diesen Massakern, und möglicherweise lag das Verdienst der Frau darin, sie gut aufzuziehen und zu ernähren. Sie flüsterten slawisch miteinander, zwischen den Zähnen, um nicht verstanden zu werden: „Mouči, mali čuje" (Still, das Kleine hört zu).

Die Exhumierung

Man entdeckte in Grado das Grab des Bischofs Marcianus, Apostel des christlichen Glaubens im Pannonien des 5. Jahrhunderts. Er war der einzige Priester aus unserer Gegend, der im 19. Jahrhundert zum Purpur aufstieg: unversehrt, in zeitgenössischem Gewand, dem riesigen Meßhemd ohne Leibgürtel, einem kurzen Umhang und sogar mit Zwicker: Pius XI. und vielleicht auch Camillo Graf Cavour. Mich beeindruckte weniger der Leichnam als die im feuchten Grabesdunkel vergilbten Gewänder. Plötzlich spürte ich sie auf meinem Körper, ich war über die Maßen aufgedunsen, besonders der Bauch, wo der weite Kittel ganz unerträglich eng saß, mit seinem üblen Geruch, von dem ich nicht sagen kann, ob mehr nach Tod oder mehr nach Sakristei. „Ich werde ein ausführliches Bad nehmen", dachte ich und wartete geduldig, daß mich die Priester und Ministranten der Reihe nach entkleideten, wie es das Ritual erforderte. Ich war ohne Geschlecht – ein riesiger, nackter und verschrumpelter Engel –, und vom Chor stimmten sie das Magnifikat an, während die Patriarchenbasilika von einer Woge des Staunens erfüllt wurde.

Die Wildkatze

Ihr borstiges Fell, nicht so sehr ihre Größe, zeichnete sie als Wildkatze aus, das einzige wilde Tier unserer Gegend, das vom Vidia-Wald heruntergekommen war, der vielleicht deshalb so dicht und undurchdringlich ist, um den Menschen das Schlundloch, die Foiba, zu verbergen. Sie mußte sich auf Grund einer Täuschung verirrt haben, wie es manchmal einem Maulwurf passiert, der nicht vertraut ist mit dem Licht der Welt (für ihn Himmel oder für uns der Mond), sodaß er nach einem starken Regenguß in einem Wassergraben schwimmt. Es war also Markttag in Giurizzani, das sich ebenfalls allmählich zu einer Stadt gewandelt hatte, mit den zwei Obuslinien, die im Schrittempo von Schaffnern und Polizisten weitergeschoben wurden, nachdem eine gesamte Familie, bestehend aus Vater, Mutter und zwei Kindern, überfahren und getötet worden war, – wovon die Frauen in allzu schrillen Tönen berichteten, als daß sie auch innerlich schon richtige Städterinnen geworden wären. Zusammen mit einem anderen gelang es mir, die Katze in einen Stall zu scheuchen, zu fassen und zu erschlagen, eine Selbstverständlichkeit angesichts der sicher zu erwartenden Raubzüge und allein schon ihrer Wildheit wegen. Aber als der Stock auf ihren Rücken niedersauste, hatte ich das Gefühl, daß man mit solcher Präzision und solcher Wucht nur seinesgleichen schlagen könne, und in demselben Moment, in dem ich mir Gedanken machte über die Folgen und die Unwiderruflichkeit der Tat, verwandelte sie sich unter meinen Augen in einen Menschen, einen Burschen meines

Alters, dessen Kinnlade und helle Augen entfernt an eine Katze erinnerten (wie Kinder, die in groben Wollstoff eingewickelt zur Schule kamen, weil sie Mumps hatten) – abgesehen davon, daß die beiden Steine, die ich aus einer Vertiefung in der Mauer genommen hatte, einem größeren Ziel angemessen waren. Zu meinem Glück hätte er auch Prügel eingesteckt, wenn wir ihn nur laufenließen, aber ich traute ihm nicht, und erst nach wiederholten Beteuerungen gab ich nach und trat ins Freie, die Steine in der Faust, und ließ die Tür angelehnt. Er kam heraus und entfernte sich, ohne uns anzuschauen, in leichtem Trab und mit einer Loyalität, die ich damals ausschließlich von Tieren kannte.

Die unberührbare Stute

Wieder im Autobus oder in einem Zigeunerwagen, diesmal unterwegs zu einer kleinen mittelalterlichen Stadt im Zentrum Italiens, die für ihre dem Heiligen Benedikt geweihte Kirche berühmt ist. Ich fühlte mich hoch über dem Erdboden, fast parallel zu den großen Fenstern des Tempels, in dem seit Jahrzehnten kein Gottesdienst mehr abgehalten wurde. Die Kirche war ein riesiger Raum aus dem 19. Jahrhundert, um dessen Altar sich eine Nonne, eine Heilige zu schaffen machte. Nun war ich verantwortlich für eine Stute, die uns in dieses Dorf gebracht hatte und unter keinen Umständen von einem Hengst besprungen werden durfte, Tod oder schlimmer noch, gefährlicher Wahnsinn drohte all denen, die sich in der Nähe aufhielten. Ich fürchtete die Stute und überlegte, wie ich ihr den Keuschheitsgürtel anlegen sollte, jene Vorrichtung, die ihr um die Flanken zu drücken war und deren Eisenfortsatz in die natürliche Leibesöffnung eindringen würde, und ich sprach mit der Heiligen-Nonne über das Opfer, über die Pflichten der Heiligkeit, denn ihr mußte ich nun den schweren Gürtel anlegen, aber sie entwaffnete mich, indem sie verschwand, und bei ihrer Rückkehr trug sie den Kopf des Heiligen Luigi Gonzaga. Er war weniger schrecklich als der der Heiligen Katharina, den ich in der Kirche San Domenico in Siena gesehen hatte, die Haare schwarz und echt, und nun stand er in voller Leibesgröße da, in Zivil gekleidet, seine Hosen vielleicht mit Stroh gefüllt. Ich wußte nicht mehr, an wem ich das barbarische Instrument anbringen sollte, an der Heiligen oder an der Stute, die sich in der Zwischenzeit von der Kette losgerissen haben mußte, denn sie war nicht mehr in dem kleinen Innenhof, wo ich sie angebunden hatte. Ich lief hinaus. Die Leute, denen ich am Tor begegnete, erinnerten mich an den Ersten Weltkrieg, Kriegsgebiet, einzelne österreichische Waffenröcke an den Männern, die das Fest zur Wiedereröffnung der Kirche vorbereiteten. Einer von ihnen begriff, daß ich ein Fremder war, der Besitzer der Stute, und gab mir mit einem Zeichen zu verstehen, daß das Tier gleich zurückkommen würde. Es schlüpfte tatsächlich durch den gotischen Bogen, aber gefolgt von einem Gefährten mit glühenden Nüstern, gespitzten Ohren und einer blonden, zerzausten Mähne. Ich begriff, daß das zweite Pferd der Hengst sein mußte, an etwas schamlos Rotem zwischen den Schenkeln, aber doch zu weit oben, in Wirklichkeit war es eine Wunde, aus der Blut floß. Er würde sie sofort bespringen, im Hof angelangt, auf dem Heu und Stroh, das ich am Boden gestreut hatte. Sie umklammerten sich auf seltsame Weise: sie lag unter ihm (auf einem Pflaster, in der Kirche) und schlug mit Kopf und Beinen um sich. Hatte sie Hörner? War sie eine Hirschkuh? Die harten, genauen Tritte rissen den Leib des Hengstes auf; rotes Blut rann heraus, und aus ihm drang lautes, menschliches Stöhnen. Er nahm alle seine Kräfte zusammen und warf sich mit seinem gesamten Körpergewicht auf sie, um zu siegen oder zu sterben: rasch wie eine Klinge drang sie zur Gänze in seinen gewaltigen Leib ein, und er sank schwer nieder und entblößte die Zähne.

Kannibalen

Ich kam auch in eine Stadt, deren Kuppeln ihre Spannung verloren hatten. Die Straßen waren staubig, wie in Randbezirken, voll von einfachem Volk, denn der Handel, vielleicht der Seeverkehr, war unvermutet wiederaufgeblüht. Die mit hochstämmigen Bäumen bewachsene Aussichtsterasse ließ unten – hinter dem Güterzügenetz – tatsächlich eine Brücke, das Meer vermuten. Es gab alles, was das Herz begehrte, der Schmuggel war erlaubt; gegessen wurde, bis man satt war. Man brauchte nur jene Dinger vom Haken nehmen, die wie Mäntel in langen Garderobereihen nebeneinanderhingen (nicht wirklich ausgestellt, will ich damit sagen), und sich ihrer frei bedienen. Es waren fertig geröstete und schon ausgekühlte, nur da und dort versengte Menschen, die man serienweise auf heutzutage üblichen elektrischen Öfchen grillte, für das große Fest am nächsten Tag, das sich regelmäßig jeden Morgen wiederholte. Wir waren zu dritt, und ich nahm drei; vielleicht hatte ich meine kleine Familie mitgenommen, um möglichst viel von diesem Überfluß zu profitieren, denn ich nahm einen großen und zwei kleine vom Haken, und dieses Maßhalten, dieser wirtschaftliche Gemeinsinn rückte mich schon ein wenig von den anderen ab, die sich nicht um Vergeudung kümmerten und den einen halb oder nur angerührt zurückließen, um sich an einem noch Ganzen zu delektieren. Aber dann bei Tisch, oder besser gesagt, im Türkensitz am Boden, in der Nähe eines kleinen Feuers, wußte ich nicht, wie ich diesen Braten, der zu unversehrt in seiner Haut geblieben war, angehen sollte. Der Widerstand und in zunehmendem Maß die Verlegenheit rührten von einer zu genauen, ja minuziösen Kenntnis der Anatomie jener Tiere, jener Dinger, jener Menschen im Grunde, die zwar nicht wirklich weiß waren, aber auch nicht als Schwarze bezeichnet werden konnten und vielleicht ein Mittelding waren, Indianer. Wenn ich zum Beispiel bei dem vordergründig einfachsten Teil begann, der Wade, wußte ich allzu gut, daß das die Wade war; kurzum, schwierig war vor allem das Anfangen, und so saß ich da mit dem gutschneidenden Taschenmesser in der Hand. Es zog mich jetzt vor allem ein Licht an, das sich an den Gewölberippen der Kuppeln spiegelte, an den hohen Spitzen der Paläste, und darunter einen weiten Platz erahnen ließ. Und jenseits der Züge war wirklich das Meer.

Abendkonzert

In Rogaška Slatina, während ich mich rasiere, werde ich durch einen plötzlichen Anstieg der elektrischen Energie geblendet. Aus dem sorgsam gepflegten Park dieses von Franz Joseph sehr geliebten Kurorts erklingen die ersten Töne des Abendkonzertes, Brahms. Wäre es nicht denkbar, daß Gott so das Jüngste Gericht verkündete? Mit einem Über-Energiefluß, der alle Lampen der Welt durchbrennen ließe und zugleich einen breiten und endgültigen Riß im Himmel verursachte? Auch die Ewigkeit ist irdisch, nichts als irdisch. Das als neue Religion für die Menschen, ohne Dauer und Hoffnung, weil ohne Gebote und Illusionen; und deshalb groß.

Bäume von Afrika

Wir flogen über Afrika mit einer Maschine, dessen Pilot, vielleicht durch seinen Einsatz bei den Lebensmitteltransporten nach Biafra, äußerst geschickt war beim Ansteuern der Schneisen zwischen den riesengroßen Bäumen, die lichte Kronen hatten, wie Weißbirken. So sah ich die wunderbaren Gewächse mit ihren weißen, geraden Stämmen wie vom Boden aus und unten, im Wasser, die großen, schwarzen Tiere, auch Rhinozerosse, neben den Nilpferden selbstverständlich, und eine Art jungen Wal oder vielmehr eine Riesenschnecke, ganz aus knochenlosem Fleisch, die sich wie in Zeitlupe um sich selbst wälzte. Doch immer wieder bezauberten uns die Bäume, auch trotz unserer Angst, in einer Reihe solcher zu landen oder auch nur einen Ast zu streifen: es waren Pflanzen vom Anfang der Welt, die zu Kohle geworden waren. Und kurz darauf befand ich mich auf einem kleinen Platz in Capodistria und wartete auf die Autobuschauffeure, damit die Fahrt weitergehen konnte. Schließlich stieg ich auch aus, gleich an der Seite war ein Stand im Freien, der vielleicht ein Volksfest ankündigte, und, den Staub der langen Reise noch an mir und mich dessen ein wenig rühmend, bestellte ich einen Sliwowitz und kommentierte laut: „Vor einer Stunde war ich noch in Afrika", vor allem an die Kellnerin-gospodična gewandt, die unbeeindruckt und geschäftig in ihrem Kittel aus glänzendem Satin, mit der weißen Schürze und der Haube, ein wenig lächelte, mehr aber mich bedauerte und mir die bescheidene Summe, die ich ihr schuldete, ins Ohr schrie, wie man es mit Betrunkenen macht.

Afrika

Schneemassen in den Nationalparks von Ambroseli, Maynara, Serengeti: Und ein Bockshornbaum, groß wie ein ausgewachsener Baobab, rückte langsam in ein noch ärger heimgesuchtes Gebiet vor, um den Gazellen und Löwen Nahrung zu bringen. Zwischen seinen grünen Blättern hingen viele seltene und duftende Früchte, Papayas und Avokados. „Gleich wird er umstürzen", bemerkte jemand, ich aber sah ihn auf dem Schnee dahinsegeln, ohne daß ein Blatt zitterte, mit all seinen Wurzeln würdevoll dahinziehen, um den im Eis eingeschlossenen Tieren zu Hilfe zu kommen.

Frauengemeinde

Die kleine Gemeinde hatte sich jenseits des Flusses angesiedelt, in einer sandigen, schilfbewachsenen Ebene, und ich war am Ende meiner Tage. Frauen schoben an einem Karren, der mit zwei Rädern im Graben eingesunken war. Selten mußten hier die Männer sein und wertvoll. Mir gefiel der Gedanke, ich würde auf Frauenschultern zu Grabe getragen werden.

Fluß-Schlange

Der grüne, tiefe Fluß, dessen Wasser sich wie ein leuchtendes Band in einer langen, riesigen Spirale dahinschlängelten, beinahe wie eine Schlange oder ein Seeungeheuer, stellte das Charakteristikum oder den Reiz dieser Gegend dar, wie anderswo ein See, eine Quelle. Er garantierte einen schönen Spaziergang, obwohl auch eine unbestimmte Erregung von ihm ausging, so unheimlich, fast körperlich war er und so nah wie ein Farbfilm, den man von der ersten Reihe aus anschaut. Wo der Sandrücken endete, wurde das Gelände schottrig, man stieß dort und da auf Wasser, und ich hatte Angst, meine Tochter könnte hineinrutschen, aber zum Glück erhob sich der Fluß aus jenen seichten Wassern, wie der Körper einer riesigen Schnecke, der Schwanz eines Dinosauriers. Und sie war nun auf einer sicheren Terrasse mit Ölbäumen, mitten am Land, und versuchte, etwas auszugraben, das einer römischen Steingutvase ähnlich war. „Laß das", schrie ich sie an, weil ich fürchtete, es handle sich um einen Blindgänger aus dem Krieg. Aber da lief schon die Mutter herbei, und ich konnte mich langsam davonmachen, vielleicht ins nächste Dorf, um mir die Kehle in einer Bar zu befeuchten. Ich befand mich im jüdischen Viertel einer kleinen Stadt, wo in einem Souterrain ein gewiß mit großer Sorgfalt organisiertes Fest im Gange war: in der Eintrittskarte für die kleine Aufführung, die geboten wurde, war auch ein bescheidenes Abendessen inbegriffen, nichts Aufwendiges, etwas in der Art der Imbisse, wie man sie im Flugzeug oder auf Verkaufsausstellungen bekommt, was aber seine Wirkung hatte auf die wenigen Gäste, die sich auch die Brösel nicht entgehen ließen und überhaupt ein unverhüllt exzessives, unmäßiges Verhalten an den Tag legten. Ich hingegen hatte mich eher gelangweilt bei dem strengen Gedichtvortrag, den wenigen, hochgeschlossenen Mädchen in Schwarz zwischen Mikrophonen und Geigen, und war im Begriff zu gehen. Ich stieg ein paar Stufen hinauf, stemmte mich gegen eine Bodenluke, klappte den Deckel hoch und griff auf der Straße in eine Hand: die von Tante Efa. Sie war aus dem Spital weggelaufen, als ihre Tage bereits gezählt waren, und wurde auch hier von fürchterlichen Bauchschmerzen geplagt, die sie zwangen, sich in ihrem geblümten Kleid am Boden zu wälzen. Sie machte mir liebevoll Vorwürfe wegen irgendetwas, vielleicht daß ich ihr die richtige Arznei hätte beschaffen sollen, womöglich mittels eines Aufrufs im Radio.

Saturn

Rings um das Dach des Stalles oder Backofens – ich hatte das Fahrrad bei mir – tat sich das Meer auf. Ich mußte es ein Stück weit durchqueren, um die Straße zu erreichen, die eher ein Damm war, da sich gleich dahinter ein Graben mit tiefem, durchsichtigem Wasser fortsetzte, auf dessen bewaldeten Hängen Pferde trotteten, die normal groß, aber von einer anderen Art waren, Seepferde eben, mit gescheckten Fell, nicht mit schwarz-weißen Streifen wie die Zebras im Manyara-Park. Ich wartete, daß von dem Dorf, das einen Katzensprung entfernt zu erahnen war, jemand käme, um mir hinabzuhelfen und zunächst das Fahrrad hinunterzubefördern, da spürte ich ein starkes Jucken in der Nase und zog aus einem Nasenloch eine tote Katze hervor, mit Fell und allem, nur ein wenig verschrumpelt wie ein Neugeborenes, ansonsten perfekt wieder zusammengewachsen aus dem, was ich in letzter Zeit davon gegessen hatte, und ich fühlte mich leicht und entbunden, endlich rein und glücklich.

Ich ging nun durch das Dorf, die Straßen entlang – die Wasser hatten sich zurückgezogen – und hätte eine Unterkunft finden sollen, aber ich verspürte keine Lust, in einem dieser vielen verlassenen Häuser Istriens zu bleiben, die düster waren und baufällig, ich wollte ein Haus, das von lebendigen Menschen bewohnt war, und zwei – leider zu junge – Schwestern boten mir ihre Küche an, doch ich sagte, daß ich eine reife Frau brauchte, womöglich alleinstehend. Sie schauten einander verschmitzt und ein wenig verlegen an und antworteten lachend, daß es eine gebe, die achtunddreißig sei und allein, aber ich solle mir keine Illusionen machen, denn die möchte einen Ehemann.

Das Natternhaus

Sie nennen es das Natternhaus, jenes ein wenig unheimliche Gebäude, einerseits wegen des Gewirrs von Schlangen mit zur Straße herabhängenden Köpfen, über denen ein Doppeladler steht, andererseits wegen eines Ehrdelikts, das zu Beginn des Jahrhunderts hier begangen wurde und dem es eigentlich seine traurige Berühmtheit verdankt. Nun wurde gerade die Truhe ausgeräumt, die im Erdgeschoß bei der Uhr eingelassen war. Ich bemerkte verdächtige Bewegungen und Gesichter hinter der angelehnten Tür, stieg aber eine hölzerne Wendeltreppe, wie in Boutiquen, hinauf, und dachte an alles andere als daran, Alarm zu schlagen, den Besitzern zu Hilfe zu kommen, die Polizei zu rufen; am ehesten hätte ich vielleicht noch diese letzte Karte gespielt, mit einem provokant bis ins Detail studierten Verhalten. Ich war am Treppenabsatz angelangt, der zu der Dachboden-Speisekammer führte, nahm mir ein paar Weintrauben und verzehrte sie auf einer Stufe sitzend langsam mit dem Brot. Und dachte: sie werden auch hier herauf einen Blick werfen und die Brösel finden, die Trauben und meine Fingerabdrücke; sie werden verrückt werden beim Recherchieren und Mutmaßen. Der Barjunge ging vorbei, mit Cappuccinos im Glas auf einem Tablett, der wird dann Details über meine Anwesenheit liefern und mein Äußeres.

Aber der Anschlag war schon aufgedeckt, die Diebe über alle Berge, und die Besitzer erstellten die Verlustbilanz. Eine blonde Dame kam herauf, vom Typ eine ehemalige Schönheit, sportlich. „Auch ich habe mir erlaubt, Ihnen etwas zu stehlen", sagte ich, „zwei Weintrauben." „Ach, wenn es nur das ist", antwortete sie verzweifelt, „davon konnten Sie sich frei nehmen. Es war auch Fisch im Gefrierfach, frisch von Lussinpiccolo, noch lebend." Sie war eine Triester Dame, vielmehr die Triester Dame, eine Reederstochter und Ex-Villenbesitzerin in Cigale. „Sind Sie aus Lussinpiccolo?" fragte ich. „Ja", sagte sie und ließ durchklingen, wieviel sie schon dort durch den Wechsel des Regimes verloren hatten. „Ich komme vom Land um Umag", betonte ich, wie um zu sagen: ich verstehe, kann aber auch nichts machen, wir haben das gleiche Schicksal gehabt, dennoch sind wir wie zwei verschiedene Rassen.

Aber da kommt Saverio auf mich zu, mein Freund, der Bankangestellte. Argwöhnisch und empört erzählte er von einem mit ihm bekannten Journalisten, der frei heraus erklärt hatte, daß man die Früchte, die nicht von selbst vom Baum fielen, mit einer langen Stange herunterschlagen müsse, und sich somit bloßstellte oder besser zugab, daß es für ihn keine ernsthaften Hinderungsgründe auf der Straße des Erfolges oder ganz einfach auf dem Lebensweg gab. Und was war daran so empörend, oh mein allernaivster Freund? Ich zeigte ihm einen großen Feigenbaum, der seine weiten, feinen Äste über uns ausbreitete, mit wenigen Früchten daran, denn die Saison war schon vorbei. „Zu denen, wie kommst du da hinauf?"

Er war unzweifelhaft ein naiver, für mich aber vor allem ein abstrakter Stadtmensch; sodaß ich präzisierte: „Denk nicht, daß es dem Baum gut tut, die Frucht zu behalten, auch die ganz oberste, unerreichbare, nicht. Er verliert im Gegenteil dadurch seinen Saft, seine Substanz".

Wo ich arbeite

Sie waren praktisch, keine Frage, aber welch ein Herzklopfen verursachten diese Aufzüge mit ihrem perfekten Getriebe, die so schnell fuhren, weil keine Luft in ihnen war: man mußte sich je nach Fahrtdauer damit eindecken, und zwar einen Augenblick, bevor man sich hineinstürzte, dann den Atem ein paar sehr lange Sekunden, die vom Herzschlag gezählt wurden, anhalten und erst wieder ausatmen, wenn man sich, im gewünschten Stockwerk hinauskatapultiert, in der Teppichwüste wiederfand, mit dem Hintern auf den Schuhabsätzen.

Sibille

Wieder eine Tragödie, irgendein Karl oder Richard oder Heinrich, in einer modernen Inszenierung. Der Held zu Pferde begegnet einer Sibille und will von ihr die Wahrheit wissen. Sie läßt ihn in ein Plastiksäckchen blasen, und der König sieht den Schädel einer Katze entstehen. Seine Gemahlin würde ihm ein Katzen-Kind gebären.

Jacht

Mag sein, daß man heutzutage alles leicht in Plastik nachahmen kann, in Kunstleder und anderen synthetischen Materialien, aber unser Vergnügungsschiff hatte weder Vorläufer noch gab es Vergleichbares: es bestand aus einem einzigen Block, der nicht einmal in seine etwaigen Teile zu zerlegen war. Wir klammerten uns am Rücken fest und drangen ins Innere vor, vielleicht um geschützt schlafen zu können und unseren Hunger und Durst zu stillen mit jenem neutralen Einheits-Nährsaft, dessen wir uns dort unten im Dunkeln überall frei bedienen konnten, als ob auch wir Teil seines Fleisches und Blutes wären, junge Wale mit derselben dunklen, dicken, glitschigen Haut. Als ich dann aber am Ufer stand, abseits, konnte ich sehen – Macht und Möglichkeiten der modernen Technik sind unbegrenzt, immer auf der Suche nach neuen Erfindungen –, wie sich der Jacht-Wal tatsächlich aufrichtete und mit riesigen Taucherflossen an den Füßen im seichten Wasser dahinspazierte.

Die Gräfin Marz.

Ist die Gräfin Marz.? wirklich bei uns auf Urlaub, ist sie das vor dem Haus von Gevatter Nin an der Ecke bei Valdos Zwetschkenbäumen? Um auf ihre gnädige Herablassung hoffen zu können (und vielleicht auf mehr, da ihr Blick ungewiß war, der nicht ins Leere hinein versprechen konnte wie der einer x-beliebigen Frau), mußte ich hartnäckig bis an die Grenze der Ungezogenheit sein und so tun, als ob ich eine eher füllige Blondine, die sich für schön hielt, nicht sehen würde. Sie war in Wirklichkeit wunderschön, zumindest nach dem zu schließen, was ich aus den Augenwinkeln feststellen konnte, taub den leidenschaftlichsten Aufforderungen gegenüber, die je an mich gerichtet wurden. Nichtsdestotrotz, als sie von mir das bekommen hatte, was sie so unbedingt wollte, vernachlässigte mich die Gräfin, um mich erst gegen vier Uhr morgens zu belohnen, als es schon dämmerte und sie auf dem Heimweg von der Gaststätte mich an derselben Straßenecke wiedersah, zwischen Mandel- und Schlehdornblüten, die sich in den Pfützen aufgelöst hatten, sich mit einem Mal mir näherte, um ihren flatternden Damenschirm über uns auszubreiten, der uns einen Augenblick lang für einen innigen Kuß von der Welt trennte.

Die Keller des Vatikan

Ein alter Kardinal, der Papst werden sollte oder es schon geworden war, hatte mir ein mit Edelsteinen besetztes Halsband geschenkt. Aus Dankbarkeit mußte ich zumindest so tun, als wäre ich gläubig (wie unangenehm, zur geheuchelten Reue des Internats zurückzukehren), und so folgte ich ihm, er war klein und buckelig, aber blitzschnell wie die Alten solcher Statur, durch die Keller des Vatikan, damit er bei der öffentlichen Prozession im Freien nicht allein erscheinen mußte. Hin und wieder blieb ich stehen und berührte das Halsband, das hartnäckig auf eine Seite hing, mir aber vielleicht erlaubte, für den Rest meiner Tage nicht mehr in der Firma arbeiten zu müssen (Geschenke und Vermächtnisse dieser Art können heutzutage nur mehr von jener Seite kommen), als ein riesiger, niedriger Saal meine ganze Aufmerksamkeit auf sich zog. Es war eine Art lebendiges und immerwährendes Museum der Sitten und Gebräuche aller Völker der Erde, dessen Repertoire von den Spielzeugen eines seltenen, ausgestorbenen Stammes, die die Form einer doppelten Ostertaube hatten, bis zu den jüdischen Marzipankuchen des Spezereihändlers Eppinger aus meiner Stadt reichte. „Und die Sachen von heute, wer ist damit betraut, sie zu sammeln?" fragte ich aus reiner Höflichkeit. Ich hatte tatsächlich kleine Schnallen und Kämme aus Plastik bemerkt, die man vielleicht noch auf den Jahrmärkten für ein paar Groschen verkauft. Der Purpurträger antwortete mir, bei aller Eile, mit einem bloßen Lächeln, das den langsamen Bogen seines Armes über die Bänkchen und Vitrinen begleitete: woran denkt der Vatikan nicht?

Mittelalterliches Dorf

Gerade er, ein christdemokratischer, aber unverheirateter Kollege wollte mich in ein Freudenhaus mitnehmen. Wir waren zunächst in einem Bahnhof, ich und die rotgekleidete Sekretärin: eine riesige Halle, mit Schranken vor den Ausgängen wie bei Viehsperren, durch die man allerdings entweder zu den Zügen ging oder, vielleicht aber nur an jenem Tag, zu der großen Militärparade, die man vom Hügel aus verfolgen konnte. Ein Lautsprecher verkündete die Öffnung der Schalter, und ich lief zu Nummer 4, um unter den ersten zu sein und der jungen Frau zu imponieren. Die Menschenmasse hinter mir schob mich nach oben, aber sie war nicht da, vielleicht hatte sie einen anderen Eingang genommen und gedacht, wir würden uns drinnen schon finden, doch ihr Weg führte zu den Unterführungen, zu den Zügen, und nun konnten wir uns nicht mehr gemeinsam aus dem Staub machen, weit weg, nur zu zweit. Auf der anderen Seite stoben Pferde einander nach: ein Fohlen lief hinter der Mutter her und schien zu überlegen, ob es nicht einen Satz über die Straße tun sollte, wo es jämmerlich zugrundegegangen wäre, aber sie mischten sich dann doch unter die anderen, die sich zur Parade auf dem gegenüberliegenden Hügelkamm rüsteten. Ich hatte nicht die geringste Absicht, in dem Gedränge verrückt zu werden, nur um bei dem Aufmarsch dabeizusein, und so geschah es, daß ich mit dem Kollegen zusammenkam, der mir ein schönes Mädchen aus einer der kleinen Villen an der bergauf führenden Schotterstraße anpries; damit man mich erkennen würde, band er mir ein einfaches grünes Plastikkettchen, das eine vereinbarte Nummer trug, um den Arm. Mich aber interessierten die anderen Frauen nicht, mich interessiert keine andere Frau, schon gar nicht, wenn sie mir unbekannt ist, vielleicht die Sekretärin, die ein wenig, mit der abhauen durch eine dieser Türen... und ich pfiff auf die Villa, um mir danach vom Freund sagen lassen zu müssen, daß ich ein Trottel gewesen sei, die Frau habe schon gewartet, schön, groß und schlank. Wunderbar, wie er mir damit eine Rechtfertigung in die Hand spielte: „Mir gefallen Große nicht".

Inzwischen ging die Nacht ihrem Ende zu und ich hatte reichlich Zeit, das zu tun, was ich mir seit Jahren vornahm: einen denkwürdigen Spaziergang, zwanzig und mehr Kilometer, ins Herz von Inner-Istrien, bis ich besinnungslos zu Boden fallen würde. Ich war in Pinguente oder Montona, als es zu dämmern begann, allein zwischen den Ruinen einer bedeutenden mittelalterlichen Siedlung. War es Pinguente oder Montona? Portole, Piemonte d'Istria oder Grisignana? Gleich würde ich es wissen, wenn ich die übliche schwere Eisentür mit den riesigen Beschlägen und Wappen aufstieße, die mich zu meinem Schrecken direkt in eine Kirche führte.

Zum Glück gab es Licht und andere Leute, die anscheinend zur Frühmesse gekommen waren, es mußte Sonntag sein bei all den Mädchen, die kommunizieren wollten, die anderen schön gekleidet, ein ganz junges sogar im Minirock, der ihm am Körper haften blieb, als es aufstehen wollte und so fast wie nackt war, ungehörig in aller Früh und in der Kirche. Der Priester erschien, und ich mußte in Grisignana oder Piemonte sein, wo nur Italiener wohnten, denn er war gezwungen, in unserer Sprache zu sprechen und das Evangelium des Tages auszulegen. Sie folgten ihm in einer langsamen Kreisbewegung rund um den Altar, dem jungen, blonden, kräftigen Priester, einem Slawen, der nicht abgeneigt war, noch selbst Tabu für die Gläubigen, vielleicht jene etwas Ältere, aber noch Attraktive, die lauter als die anderen antwortete und sich in diesem Ringelreihen an meine Hüfte drückte, um dann überrascht zu tun und den offiziellen Begleiter oder Verlobten zu suchen, der, ohne daß sie es bemerkt hätte, auf die andere Seite gekommen war.

Ich verließ die Kirche, es war ein etwas feuchter Morgen, der meine nachtwandlerischen Knochen erfrischte, und ein Nichts trennte jetzt Grisignana von dem mir so lieben Dorf Montona. Ich mußte ein ganz kurzes Stück Weges zurücklegen, das jedoch überschwemmt war, da es dort oben lange geregnet hatte. Ich ging auf einem der erhöhten Straßenränder entlang und dann durch das Wasser, mir schien, die andere Seite wäre trockener. Ich zog mich an der Kante hoch, die nasse, fast schwarze Erde oben war mit Getreide bebaut, und indem ich mich aufrichtete, küßte ich beinahe die Ähren, mein Getreide, sagte ich und streichelte darüber, man sah schon das grüne Korn, das bald zu reifen beginnen würde, vielmehr schon in seiner ersten Wachstumsphase war. Die gesäten und eingepflügten Getreidekörner waren alle aufgegangen und standen in gelben Bündeln da: ein heikler Moment, da die Vögel sie aufpicken konnten, ich selbst probierte eines, mein wunderbares Getreide, das ich seit Jahren nicht gesehen hatte und das bald Ähren ansetzen würde. Ich drang in ein dichtes Schilffeld ein, mit dickem, taufeuchtem Schilf; sowie ich konnte, wusch ich mir das Gesicht mit einigen

Blättern, genau darauf achtend, mich nicht zu schneiden – daran erinnerte ich mich noch –, und aus dem Schilffeld gelangte man seltsamerweise in den Dachboden eines Hauses, leider nur mehr eine Ruine, wie fast alle im Inneren Istriens, überall Mörtelschutt, Fenster ohne Scheiben und Läden, und auf den Fußboden trat man besser mit Vorsicht. Im Erdgeschoß jedoch schien es hergerichtet zu sein, dort wohnten Menschen, aber wie sollte ich die Stiegen hinunterkommen, so einfach vom Feld herein wie ein wildes Tier? Ich hatte keine Wahl, ich stieg hinab.

Es waren nur Frauen, alte, die mich freudig aufnahmen, weil ich Italienisch sprach. „Ein Unsriger", sagten sie, „doch wenn man bedenkt, daß sogar die von dort oben ihn benutzen und herunterkommen, ohne mit der Wimper zu zucken, wie wenn es ein öffentlicher Durchgang wäre, ohne auch nur „Entschuldigung" zu sagen oder um Erlaubnis zu bitten." Ich schaute hinaus: es war eines unserer typischen Dörfer im Landesinneren, vielleicht Portole (mit dem Gemälde von Carpaccio im Pfarrhaus), so erbärmlich verfallen schaute es aus. Eine der Frauen erklärte: „Wir sind nämlich echte Veneter, hierher gebracht worden – die Ältesten erinnern sich noch daran –, weil es da eine große Fabrik gab; und haben wir jetzt dieses Schicksal verdient?" Auf der alten Piazza stand eine Reihe Feigenbäume, hoch, mächtig, mit riesigen Blättern, aber noch keinen Früchten. Und selbst wenn sie Früchte getragen hätten, wer hätte den Mut gehabt, sie zu essen? Sie waren wie Nachtgewächse, unheimlich und sicher giftig; wildwachsend, vielleicht aus der Hölle.

Winter

Materada mit nur mehr der Kirche und dem Turm, dem Friedhof, über den ich soviel geschrieben habe, vielleicht mit Gewalt auch aus dem Blick gerückt und dann aus dem Gedächtnis. Der kleine Bus, der jede Stunde von Giurizzani kam, um Menschen und Material auf dem Kirchplatz abzuladen (denn jetzt wurde sogar gebaut, der Glockenturm fertiggestellt, was der Ausbruch des Krieges verhindert hatte), war eben wieder abgefahren, und ich, der auf den nächsten warten konnte, um ins Dorf zurückzukehren, schlug entschieden die Straße nach Martincizi ein. Ich war bei den Rizzeti oder den Vardeli, im zweiten, zur Gänze aus einer Küche mit offener Feuerstelle bestehenden Stock eines der alten Häuser von früher, wo es im Winter höchstens Wein gab und für uns Kleinere eine Tüte mit Mandeln, Wal- und Haselnüssen. Was konnte ich ihnen nach so vielen Jahren und den Reisen durch die Welt als Gegengeschenk anbieten, wenn nicht etwas, das an jene gemeinsamen Abende erinnerte, zugleich aber eine seltene Variante darstellte, in meinen Augen ein Surrogat, harte Kokosnüsse nämlich? Ich hatte zudem die Taschen voll mit dieser Art dreieckiger brasilianischer Mandeln, die die alten Frauen und sogar die Männer im Haus wunderbar fanden, weil sie von woandersher kamen, sodaß sie sie nur kosten wollten, aber eine war so groß, daß wir uns alle daran sattessen konnten, auch meine Großmutter Rusina, die sie in waagrechte Scheiben schnitt wie eine ihrer langen, dicken Birnen, welche sie im Stroh oder in der Kommode zwischen den Leintüchern für den Winter reifen ließ.

Weihnachtskeks

Ich ging nach Buje, wo Tante Efa vor kurzem hingezogen war (man nähert sich immer mehr der Stadt), und es war Heiligabend. Ich hatte den Brauch vergessen, daß man an diesem Tag ein Haus mit einer rituellen Formel betritt, und war ganz überrascht, als mich die zerzauste Tante schweigen hieß und mir bedeutete, rasch in eine Kammer zu verschwinden. Stefania Milunka war an der Tür, und alle warteten mit ernster Miene auf das, was sie sagen würde. „Ich bin gekommen, mir das Keks zu holen". Das waren die richtigen Worte, die Hausleute brachen das Schweigen, baten sie mit übertriebener Freundlichkeit einzutreten und begannen sogleich, in der Kekslade zu suchen.

Ich, immer noch allein auf dem schmalen Bett, dachte mir einen kurzen Film in Farbe aus. Ich war in dem niedrigen Haus eines reichen Türken, wo es keine Stühle gab, aber eine wunderschöne Frau, die in mich verliebt war. Er war rasend eifersüchtig, und ich mußte der jungen Gemahlin eine Nachricht für unser Treffen zukommen lassen. Schon zog er brüllend das Schwert, er witterte den Fremden. Ich wußte, daß ich unsichtbar war, dennoch hatte ich mich als alten Mann verkleidet, mit Buckel, Stock, falschem Bart und Schnauzer. Aus dem Dunkel spürte er meinen Blick, und sie, die unter einem reich verzierten Bogen erschienen war, schön und weich, spielte das Spiel mit.

Eingeschlossen in der Kirche

Nicht im Friedhof, nein, meine große Angst ist, in der Kirche eingeschlossen zu werden, wie es der alten Liturgie zufolge am Palmsonntag passieren konnte, wenn der Zelebrant und sein Gefolge auf dem Kirchplatz sind und es vor dem Portal laut zugeht. Ich war drinnen, und obgleich die Sonne durch das Auge der Rosette in das mit Wiesenblumen geschmückte Kirchlein und auf den mit Ätznatron gescheuerten Fußboden fiel, hatte ich den Rücken verzweifelt Schiff und Altar zugewandt und antwortete lauthals singend auf die Gebete. Das Starre, Schwarze saß in der Sakristei, zwischen Meßbüchern, Chormänteln und Kerzen, den zu weihenden Hostien womöglich, sicher zwischen den Totenbüchern, ganz zu schweigen von dem doppelten zerlegbaren Leichengerüst. Und wäre es nicht denkbar, daß sie mich noch mehr allein ließen und sich alle miteinander durch das nahe Friedhofstor davonmachten? Ich horchte aufmerksam auf ihre Stimmen, als mir Sferco, der Verwalter, zu Hilfe kam und auf seinem kleinen Feld in Sarajo seine ganz eigene Methode, den Mais aufzupfropfen, zeigte. Wann werde ich endlich von der einzigen Sache, bei der ich mich auskenne, der Landwirtschaft, wirklich alles wissen? Ich konnte mich nicht erinnern, daß man auch einen schlecht herausgekommenen Maiskolben, der sich in zwei Hälften teilte wie der Bart Christi, entsprechend veredelen mußte.

Die Vipern

Die Kriechtiere, eigentlich genauer die Vipern, nehmen in mir einen ganz bestimmmten Raum ein, wo sich noch dazu alle möglichen Phantasien einnisten, sodaß ich mir selbst heute keinen wahrscheinlicheren und natürlicheren gewaltsamen Tod denken kann als durch einen unerwarteten, plötzlichen Schlangenbiß. Natürlich würde ich auf der Stelle sterben, noch vor dem Sieg des Giftes über mein Blut, allein durch den Kontakt mit dem widerlichen, unseligen Tier. Ich weiß, daß diese dunkle Abneigung ziemlich verbreitet ist, sodaß jemand, der sie nicht teilt oder für die schlängelnden Wesen gar Sympathie empfindet, in seltsamem Licht erscheint. Dennoch, glaube ich, wird man schwerlich eine so irrationale und absolute Angst finden können wie die, die mir das Herz erstarren läßt und die Sicht trübt, wenn ich im Sommer über trügerische Steinhalden gehe. Wieviele einladende grüne Weiten habe ich mir auf meinen Wanderungen durch den Karst schon entgehen lassen müssen, auf wieviele abseits gelegene Pfade habe ich verzichtet und stattdessen weiter die schlechte Luft geatmet, die ich doch in der Stadt hatte lassen wollen. Das Seltsame ist, daß ich in meinem ganzen Leben in freier Natur erst zwei Schlangen gesehen habe, und die waren beide tot, überfahren worden, und das trotz einer ebenso rätselhaften wie irrationalen Neugier, die mich in Tiergärten zu genau jener Abteilung treibt, wo ich dann stundenlang Speichel schlucke, und mich bei den häufigen Ausflügen in unsere Dörfer drängt, ein Gespräch zu beginnen, in dem regelmäßig dieselben Fragen gestellt werden. Selbst auf die Gefahr hin, für einen Fanatiker gehalten zu werden: ich weiß nichts anderes zu fragen; und mit den Jahren kommt mir meine Neugier so monomanisch und schon krankhaft vor, daß ich nunmehr eine gewisse Vorsicht anwende, sogar Gleichgültigkeit vortäusche oder dem Satz eine diplomatische Wendung gebe. Auf Grund der erhaltenen Antworten kann ich nun aber behaupten, eine ganze Reihe von Geschichten zu kennen und sie bis zum körperlichen Schmerz miterlebt zu haben. Ich werde versuchen, diese kurz zusammenzufassen, auch um zu zeigen, daß meine zweifellos übertriebenen Ängste und Vorstellungen keineswegs isoliert dastehen. Das nämliche Tier entzündet die Phantasie von sonst eher bedächtigen Menschen, für die es aber die einzig wirkliche Gefahr darstellt, die sich zwischen den Felsabhängen und dem Laubwerk ihrer Erde verbirgt.

Zwei Frauen gehen durch das Comeno-Tal in die Stadt, um Milch zu verkaufen, ihr Schritt ist zügig, der Eimer sitzt sicher auf dem Kopf, gut gepolstert von dem Grasbündel, das sie an einer Hecke ausgerissen haben. „Au", schreit die eine unvermittelt auf, „Maria, mich hat genau am Kopf etwas gebissen", und fährt mit der Hand ins Haar. „Da ist es, was dich gebissen hat", sagt die andere und zeigt auf die Viper, die sich davonschlängelt, langsam wie immer, auf den Straßenrand zu. Die Unglückselige kehrt nach Hause zurück, und die Alten sagen, das einzige Mittel sei, einen Liter Grappa zu trinken. Sie tut, was sie ihr raten, und wird, nachdem sie lange zwischen Leben und Tod geschwebt war, eines Tages wieder gesund, ihre Haut aber bleibt für immer von den weißen und schwarzen Streifen gezeichnet, die die Viper am Rücken trägt.

Im Faccanoni-Steinbruch, oberhalb von Triest, beobachten Bergleute eine Viper, die sich auf eine Wasserlache zubewegt. Sie glaubt sich unbemerkt, entledigt sich ihres Giftsäckchens, das sie unter dem Zahn trägt und legt es auf einem Stein ab; dann gleitet sie ins Wasser, um sich durch ausgiebiges Schwimmen zu erfrischen. Aber den Männern kommt in den Sinn, ihr einen Streich zu spielen, sie schleichen sich heran und nehmen ihr flink das Gift weg. Ohne das Geringste zu argwöhnen, kriecht die Schlange aus dem Wasser und auf den Stein, sucht nach allen Seiten hin und findet ihr Säckchen nicht mehr. Da sie aber ohne dieses Gift nicht leben kann, beginnt sie aus Verzweiflung, mit dem Kopf gegen den Stein zu schlagen, und schlägt und schlägt, daß einem angst und bange dabei werden konnte, bis sie tot liegen bleibt.

In einem anderen Steinbruch, diesmal in Istrien, mußte man, gerade als mein Haus gebaut wurde, eine frische Ader suchen, um diesen großen Bau beliefern zu können. Die Bergleute begannen, in eine neue Richtung vorzustoßen und unter einem nie angerührten Felsen finden sie eine Kreuzotter, die in den vielen Jahren rot geworden war. Sie töteten sie und füllten einen ganzen Schubkarren damit.

Ein andermal sind mein Vater und einige seiner Freunde auf Jagd in der Gegend von Grotta. Sie machen auf einer Wiese Rast zur Jause, als einer der Jäger sagt: „Bewegt euch nicht" und selbst mit den Händen innehält. Weniger als eine Spanne entfernt liegt tatsächlich die Viper, welche nicht angreift, wenn man sie nicht berührt oder, schlimmer noch, ihr auf den Schwanz tritt. Aber der Hund weiß das nicht; er stürzt sich auf sie und fällt tot zu Boden.

Die nächste Geschichte ist mir von einer jungen, noch nicht dreißigjährigen Frau erzählt worden. Ihr Haus in Istrien war nur durch eine Schotterstraße, auf der einmal die Woche auch der Autobus vorbeifuhr, vom Wald getrennt. Eines Tages, als sie allein zu Hause ist (Vater und Mutter waren beim Heu-Einbringen), geht sie in den Keller und sieht auf dem Betonboden eine große Natter. Es fehlte nicht viel und sie wäre in Ohnmacht gefallen, aber sie hat die Aufsicht über das Haus und kann deshalb nicht zulassen, daß sich die Schlange in irgendein Loch verkriecht, andererseits fühlt sie sich außerstande, ihr dort ruhig Gesellschaft zu leisten. So schleicht sie zum Wasserhahn, nimmt einen Eimer und leert ihn über die Natter. Diese ist wie betäubt, als sie aber wieder Lebenszeichen von sich gibt, hat das Mädchen schon den nächsten Kübel frischen Wassers bereit und schüttet es auf die Schlange. Das geht eine Weile so dahin, bis der ganze Keller überschwemmt ist und sie ihre Kräfte schwinden fühlt; aber genau in dem Moment kommt der Vater zurück, nimmt sofort einen Prügel, tötet das giftige Tier und schleudert es über die Straße in den Wald. Der Abend bricht an, und da es sehr heiß ist und sie schon auf den Wiesen sehr unter der Hitze gelitten haben, setzt man sich zum Abendessen ins Freie an den Steintisch vor das Haus. Während sie so essen, kommt von der Straße etwas Langes, Schwarzes, Riesiges heran: die Natter von vorher, aber wie vergrößert oder vielleicht geschwollen von den Schlägen, die sie abgekriegt hat, und mit einem Kopf, nicht kleiner als der einer Katze. Sie lassen sie ein wenig näherkommen, wie um zu sehen, was ihre Absichten sind; doch sie will sich keinesfalls rächen, nein: als sie nur noch wenige Schritte von ihnen entfernt ist, biegt sie zum Keller ab. Da steht der Vater auf, nimmt den Stock wieder zur Hand und macht ihr endgültig den Garaus. „Jahre sind seither vergangen", schließt die nunmehr verheiratete Frau, „und immer noch frage ich mich, was sie da unten im Keller zu suchen oder was sie dort gelassen hatte. Wir haben überall geschaut, aber nichts gefunden". Dann besinnt sie sich und, wahrscheinlich weil auch sie vor kurzem Mutter geworden ist, kommt ihr zum ersten Mal der Gedanke, die Schlange habe sich ein Nest suchen wollen, um ihre Eier abzulegen. Und wie sie mir das sagt, drückt sie ihr Kind an sich und erschaudert, vor heftigem Ekel, vielleicht aber auch vor Rührung.

Neben diesen Geschichten, die ich versucht habe, so wiederzugeben, wie sie mir erzählt worden sind, ist mir die Begegnung mit einer Frau in Erinnerung, die zweimal von der Viper gebissen wurde und noch heute davon besessen ist. Ich muß diese Frau wieder einmal besuchen, falls sie noch lebt; wenn ich recht überlege, hat sie etliches mit mir gemeinsam, sicherlich mehr, als sich bei vielen Freunden und Verwandten findet. Auf meinen Spaziergängen zur Anhöhe des Limski-Kanals oberhalb von Rovinj wurde ich von ihrem Häuschen zwischen den Felsen und vom Duft frisch gebackenen Brotes angezogen. Ich hätte wohl eine gute Scheibe davon erworben, dazu ein wenig Schinken und womöglich einen halben Liter Wein, da fiel fatalerweise – vielleicht wegen der überall umherliegenden Steine und des Wacholderdickichts, das sogleich dichter, verbotener Wald wurde – das Gespräch auf das, was mich mehr bedrängte als der Appetit. „Wie, Sie wissen nicht?" fragte sie mich statt einer Antwort, deutlich verärgert, aber sogleich angetan und ungläubig, einen Verbündeten gefunden zu haben, einen Komplizen, das ideale und unerhoffte Ohr, das in ihre Hütte geraten war, ohne daß sie es angelockt hätte. Sie entblößte ihren Arm, in dem deutlich zweimal derselbe Biß zu sehen war. „Wie?" stammelte ich, „dieselbe Viper?" Sie ließ mich nicht zu Ende sprechen, zum einen, weil sie von meiner Naivität enttäuscht war, zum anderen, weil das ein Wort war, welches man niemals aussprechen durfte. Dann erzählte sie, und nannte die Schlange dabei abwechselnd Untier, verfluchtes Untier, höllisches Wesen, Dämon, das Böse schlechthin.

Sie war Spargel sammeln gegangen, und wie sie die Hand zu einem Gebüsch hin ausstreckt, springt ihr das Höllentier auf den Arm und verschwindet dann nicht wieder, wie es jegliches andere Tier getan hätte, das nicht verflucht ist, sondern verharrt dort ruhig und starrt sie herausfordernd an. Sie läuft ins Krankenhaus, das zum Glück gleich in der Nähe ist (zwar nur ein Sanatorium, aber das Serum haben sie), und nachdem auch sie lange zwischen Leben und Tod geschwebt war, wird sie gesund und kann nach Hause zurück. Wie wenn nichts wäre, teils um sich des Vorgefallenen besser bewußt zu werden (aber auch in Anbetracht, so füge ich hinzu, des nahen Spitals, das allzu oft in ihrer Erzählung vorkommt), geht sie wieder in den Wald hinauf, kommt zu demselben Gebüsch und streckt wieder die Hand aus. Zack, der Dämon ist schon da, bereit, sie zu erwischen und dann wieder anzustarren und auszulachen und unverschämt anzugrinsen. Dieses Mal findet sie wenigstens den Mut, sie anzuspucken, und die Verfluchte spuckt zurück. Da versteht sie überhaupt nichts mehr und gelangt schreiend neuerlich ins Krankenhaus. Die Ärzte sagen ihr, ein drittes Mal würde sie nicht davonkommen, überhaupt nie mehr ganz gesund werden; und von dem irren Blick zu schließen, der diese Worte begleitet, habe ich allen Grund anzunehmen, daß ihr tatsächlich ein wenig Gift im Blut geblieben ist. In dem darauffolgenden, nun ungeordneteren Gespräch wird für mich all das, was ich über die Vipern weiß, noch komplizierter, zum Teil auch Lügen gestraft. Zunächst gibt es überhaupt nur eine einzige, und dann darf man nicht glauben, daß diese immer an einem Ort bleibe und nur tagsüber herauskomme. Wehe dem auch, der sich in den kalten Monaten in Sicherheit wiegt. Und es stimmt auch nicht, daß sie nicht laufen könne; und wie, wenn sie nur will. Das was sie vor allem versucht, ist in die Häuser einzudringen, um da – umso ungehinderter – Böses anzurichten. Sie versucht es immer wieder, bei Tag und bei Nacht, mit jeglicher List und Verstellung. Gestern zum Beispiel.

Die Alte hält inne, der Hund ist von seinem Lager aufgesprungen und wie verrückt bellend spannt er die Kette bis aufs äußerste in Richtung Wald. „Das ist sie!" stößt die Frau hervor und ergreift schnell mein Handgelenk. Ich zucke zusammen und fahre zurück: ihre Hand ist zu kalt für die Jahreszeit, in der wir uns befinden.

Verlassene Häuser

So schauen die verlassenen Häuser aus: ein nicht endender Schlauch von Zimmern, durch die man leicht aufwärts stieg, auch von Schrank zu Schrank, in einem ganz schmalen Gang wie in den Karsttunneln des toten Gleises, das nach Sant'Elia führte, nicht eine Tür versperrt, denn die früheren Besitzer warfen, bevor sie das Haus verließen, als Zeichen des Hasses die Schlüssel weg. „Hatten keine Ahnung", kommentierte ich angesichts ihres Mobiliars und der alten, dahinmodernden Kommoden. Nur eine Tür, die von einem verbogenen Nagel zugehalten wurde, mußte ich aufmachen, als meine Mutter müde sagte, sie möchte einen Kaffee. „Weiter oben, im ersten oder letzten Gebäude", informierte ich sie, aber als ich durch ein mit Spinnennetzen verwobenes Fenster schaute, merkte ich, daß es rings umher Bars und Buffets mit Sonnenschirmen gab, daß die neue Stadt erstanden war. „Haben keine Ahnung", sagte ich laut, „was bildeten sie sich überhaupt ein? Als Erinnerung an sich hatten sie diese Ratten-, vielleicht Schlangennester zurückgelassen, die anzuschauen allein schon eine Schande ist." „Ein schlechter Zahn", schloß meine Mutter. „Früher oder später wird man ihn ziehen müssen."

Die Amme

Amme Livia, du konntest nicht sterben, ohne mich noch einmal gesehen zu haben. Die Frauen, auch deine Mutter, ließen den Teig für Lebkuchen und Kekse stehen und traten auf die Straße und behaupteten, man sehe mich schon in der Kurve, ich würde gleich da sein. Und du mit den blauen Augen, die als Zwölfjährige zu uns gekommen war, hast dich in den Kissen aufgerichtet und wolltest mit einem Fuß schon aus dem Bett, in dem mich zum ersten Mal die Wärme einer Frau umhüllt hatte. Wir schauten einander an, und ich umarmte dich dreimal in deiner weißen Bluse über dem großen Busen, vorher hatte ich die Mehlspeisen weggelegt, die auch ich für dein letztes Fest oder die lange Reise mitgebracht hatte.

Nun warst du in Frieden von uns gegangen; alles war zu Ende. Wir mußten jetzt die Besuche der Verwandten empfangen, die man nur bei solchen Anlässen sah. Aber, vielleicht wie damals, als du fünfzehn warst, saß ich mitten in einem großen Zimmer auf einem modernen Klosett; und auf einer Bank mit hoher Rückenlehne nahmen Tanten und Großtanten und andere Gevatterinnen Platz, sagen wir von Tribano und Gambózzi, alles schwarzgekleidete Bäuerinnen mit stechendem Blick, denen die Bedeutung, ja Heiligkeit des Aktes, den ich gerade ausführte, nicht entgehen konnte, vielleicht war ich wirklich wieder Kind geworden. Wir sahen einander an, sie unbewegt und in Erwartung des rechten Augenblicks, mir ihr Beileid auszudrücken, ich ganz darauf bedacht, keinerlei Eile oder Verlegenheit erkennen zu lassen und mich der Rolle des letzten Herrn eines großen Hauses würdig zu erweisen. Und in aller Ruhe verwendete ich, nachdem ich mein Geschäft verrichtet hatte, absichtlich eine große Menge Papier, erhob mich und ging in die Küche hinüber, um mir sorgfältig die Hände zu waschen, wie der Priester oder Tierarzt. Erst als ich wieder zurückkam, begann, wie wenn wir uns vorher nicht begegnet wären, das Wehklagen.

Der Zaun

Zwei dicht aneinanderstehende Drahtzäune bildeten die Grenze – das auf einen zwei Schritt breiten Korridor reduzierte Niemandsland. Schon stiegen wir über den ersten hinunter, den italienischen oder eines anderen westlichen Landes, das aus grundsätzlicher Gleichgültigkeit, oder Nachlässigkeit seiner Wachen, die Grenze zum Osten als Eintragung auf der Landkarte und nicht mehr zu betrachten schien. Größere Sorge bereitete uns der leere Streifen Land dahinter und was danach bevorstand, das kühne Übersteigen des zweiten und die Soldaten auf der anderen Seite, die sehr wohl auf der Lauer liegen würden. Ganz richtig schlug die zweite Person, die mit mir war (eine Frau, Mida von der Weide), vor, ich solle ein Stück weit zur Seite gehen, denn zu nah beieinander würde der Zaun unserem Gewicht nicht standhalten; und wir stiegen geschickt hinab, Hände und Füße schlüpften abwechselnd durch die achteckigen Maschen, und sie half sich dabei sogar mit den sonst halb offenstehenden Schubläden eines riesigen Wandschranks, der dann unser Schlafzimmerkasten geworden ist. Sie war meine Frau. Als wir am Boden standen, schien es zu einfach, für einen Augenblick das Netz hochzuheben und in die Zone der Sicherheit, wenn schon nicht der Freiheit zu spähen: im Karstwald warteten sie sicherlich dichtgedrängt und auf der Hut wie Grillen, mit auf uns gerichteten Gewehren. Besser wäre es, sich den Leuten anzuschließen, die sich spontan nach links zum Kontrollhäuschen wandten. Aber was sollten wir sagen ohne Papiere?

So traten wir in eine kleine Hütte, in der nur Frauen waren, die Minestra aßen. Sie blickten uns fragend an, mußten aber verstanden haben, worum es ging, da sie sich schon in der anderen Zone befanden und es vielleicht einen organisierten Handel mit Geld oder anderem gab. Mißtrauisch und ohne eine Miene zu verziehen, hießen sie uns wieder gehen, und nur auf eine etwas menschlichere Geste einer der Älteren, die vielleicht die Lage wirklich erkannt hatte, brach meine Frau, was bei ihr selten vorkommt, in leises, tränenloses Weinen aus, die Nase wurde am Flügelansatz rot und schwoll sofort an. Mich erfaßte der Zorn, und ich sagte, daß uns keine Abenteuerlust oder sonst ein Vorwand trieb, sondern die Angst vor den Deutschen, die sie als Kind gezwungen hatten, sich unter Betten und in Schränken zu verstecken, als Tochter eines Juden, der wer weiß wo Unterschlupf gefunden hatte, und gegen wen sonst hatten denn ihre Verteidiger in Uniform gekämpft, die uns nun den Eintritt verweigerten? Sie hörten mir mit halb erhobenem Löffel zu, dann fragte und verkündete eine: „Juden? Wir wollen keine Juden in unserem Haus". Ich hätte mir denken können, daß dies, arm zwar, aber alles wohlgeordnet und vereint um den Tisch, ein christliches Mahl war.

Der Sperber

Arme Tante Efa, bleich und aufgedunsen, an den Gang eines Krankenhauses gefesselt, unheilbar krank, aber auch sie bis zuletzt voller Hoffnung, wie die Großmutter (ihre Mutter) und Papa (ihr Bruder), es wiederholt sich wirklich alles. Ich kam nicht zu ihr durch, ein Bett nach dem anderen, wie sollte ich über die Kranken steigen? So sah ich sie sterben. Verzweifelt und todmüde zog ich umher, wohin die Beine mich trugen, aber ich war immerhin ein Schüler des Gymnasiums und hin und wieder mußte ich doch zu irgendwelchen Stunden gehen. Ich stieg die Treppe des Institutes Combi in Capodistria hinauf und fragte einen, der dort in einer Gruppe stand – ein ganz junger, hätte fast mein Sohn sein können – ob er aus der Unterstufe sei. Beleidigt antwortete er mir, daß er in die Erste Oberstufe ginge. „Wo ist dann die Dritte?" Er wurde mit einem Schlag ehrerbietig und konnte doch ein leichtes Lächeln nicht unterdrücken: war ich zu alt, ein Repetent? Er zeigte mir eine Mansarde mit einer moosgrünen, morschen Tür. Wir waren zu dritt oder zu viert in der Klasse, aber jeden Tag machte mehr als einer „blau", das heißt, er schwänzte die Schule, sodaß der Lehrer sich weigerte, für einen einzigen Schüler Unterricht zu halten. In der hohen Halle im Halbdunkel, dem Inneren einer Kuppel, kehrte die Schulwartin den Boden und zähmte dabei zugleich einen Falken, der wie ein Helikopter über ihr schwebte und all ihren Bewegungen folgte. Ich bat sie, die Tür zu meiner Klasse aufzusperren, und sie antwortete, es wäre besser, den Frühling abzuwarten, ein wenig Sonne, damit sie austrocknete. Mir blieb nichts anderes zu tun, als nach dem Sperber zu fragen, wie alt er war. Fünf Jahre. Und wie alt können sie werden? „Bis sie am Boden zu laufen beginnen; dann ist ihr Ende nahe."

Die Jagd

Die Spatzen hingegen werden vier Jahre alt. Das eröffnete mir einer von ihnen, vielleicht weil er sich erinnerte, daß ich einst einem seiner Brüder das Leben gerettet hatte. Des Nachts waren wir Buben mit Schleudern unter den Akazien, ich hielt die Laterne, und die Vögel fielen herab wie Kastanien. Aber einer, der vom Stein nur gestreift worden war, erwachte wieder und suchte genau im Licht Zuflucht: er schlüpfte mir unter die Jacke, wo ich in anderen Nächten das gestohlene Obst versteckte, und ich spürte seine Wärme, spürte, daß er lebendiger war als die Früchte, ein wahres Verbrechen, ihn zu töten, sodaß es mich Jahre danach nicht wunderte, daß er sprechen konnte. In jenem Stall in Giurizzani informierte mich der Spatz auch darüber, daß ihre vier Lebensjahre in etwa vier Menschenleben entsprechen. Jedes Jahr im Frühling heiraten sie, doch dann verlangt ihre Natur, daß sie sich ein anderes Weibchen suchen, wobei diesem dasselbe freisteht. Auf die vierte Ehe folgt keine fünfte mehr: binnen kurzer Zeit werden sie alt, aufgedunsen, und sterben. Die Atmosphäre der Vertraulichkeit, die sich zwischen uns eingestellt hatte (ich war es, der endlich die Sprache der Vögel beherrschte, nicht er redete mit menschlicher Zunge), versetzte mich in die Zeiten der grausamen Spatzenjagd bis zu den verzeihlicheren Birnen- und Kirschdiebstählen zurück, die ebenfalls des Nachts stattfanden. Wir alle von der Bande befanden uns in einem Weinberg mit dunklen Trauben in Sarajo. In der Zwischenzeit größer geworden, schlugen wir uns den Bauch voll, ohne etwas für später einzustecken, da bemerkten wir am Beginn der Zeile einen Mann, der die Hecke stutzte, es konnte der Besitzer sein oder auch ein Gelegenheitsarbeiter. Nichtsdestotrotz warfen wir uns zu Boden und tarnten uns zwischen den Blättern und den Schollen. Eine Gruppe von Jägern kam auf uns zu. Das geht schlecht für uns aus, dachte ich. Aber zum Glück waren sie aus der Stadt und zogen knapp an uns vorbei, ohne etwas zu merken, auch ihre Hunde waren zu blöd.

Die Armee zu Pferd

Von einer hohen Mauer aus verfolgte ich das Wogen von Pferdeköpfen und Reitern, mannigfaltig und bunt, so viele Rassen, wie sie nur das große Rußland aufbieten kann. Mit gleichem Schrecken und Staunen hatte ich von der Aussichtsterrasse in Capodistria das Exerzieren der jugoslawischen Offiziere beobachtet, die sich bald auf die eine, bald auf die andere Seite der Pferde beugten und so taten, als ob sie mit einem einzigen Schwerthieb gleich mehrere gegnerische Köpfe abschlügen, die in ihrer Vorstellung nur die von Türken sein konnten. Aber an der endlosen Parade nahmen jetzt, noch dazu an der Spitze, Iraner und Syrer und Jordanier teil, Reiter aus den Arabischen Staaten, die in Konflikt mit meinem Israel standen, alle in ihrer Landestracht: weitere Rassen, die Rußland sich hatte erobern können, diesmal mit der Macht des Wortes. Ich lief trotzdem Gefahr, den Überblick zu verlieren, als mir eine Schar Soldaten zu Hilfe kam, die vertrauenswürdiger erschienen, das heißt gelassener zu Pferde saßen, Kosaken, Kirgisen und Turkmenen, die man an den runden Kappen mit Stirnriemen erkennt, wie sie auch die jungen Burschen der Roten Armee trugen, mit denen ich in Budapest gesprochen hatte, vor „ihrem" Denkmal, wie der Fremdenführer betonte. An der Spitze des nunmehr vorübergezogenen Aufmarsches ging es hoch her zwischen den Baracken der kinderreichen, in Armut lebenden Familien, und den Buden, wo man Marzipan-Würste verkaufte, dunkles Brot und billige, schwarz gewordene Mortadella. Ich unterhielt mich laut mit einem kleinen Jungen, vielleicht wollte ich ihn um etwas zu essen bitten: er schaute mich arrogant und aggressiv an – wer beschützte ihn? Und ich, mußte ich denn wirklich immer der Störenfried sein, der Zwielichtige? Er hatte jedoch nicht ganz unrecht; denn sogleich bemerkte ich, daß die Leute ringsum beteten oder die Predigt eines jener Laienbrüder anhörten, wie es sie auf der ganzen Welt gibt, die mehr mit einem Buddhisten, Juden oder Moslem gemeinsam haben, so wie unser La Pira.

Giorgio La Pira, christdemokratischer Politiker, trat für sozial-humanitäres Programm und Dialog mit Kommunisten ein.

Die Entblößung

Wie alle anderen Male auch hatte ich kein ganz reines Gewissen den Grenzsoldaten gegenüber, wußte mir aber auch nichts Konkretes anzulasten, bei meinem x-ten Grenzübergang. Sie hätten sicher einen Grund finden können, mich festzuhalten, nicht immer sind die Papiere in Ordnung, aber wenn man einmal dort war, allein in der Untersuchungszelle und womöglich gleich danach in den Gefängnissen, wie könnte eine Anklage beginnen, auf welche Anschuldigung sollten sich die Verdachtsmomente konzentrieren? Nichtsdestotrotz überfiel mich wie jedes Mal der gewisse kalte und irrationale Schauder, der seinen Höhepunkt, einen Anfall von Übelkeit, erreichte, wenn ich an der Reihe war und der Grenzbeamte seine Augen vom Paß hob, um den meinen zu begegnen, die verzweifelt versuchten, das Lächeln, das ich meinen Lippen aufgezwungen hatte, zu untermauern. An jenem Tag schielte er nur flüchtig nach mir, schaute mich eigentlich gar nicht an und widmete stattdessen seine ganze Aufmerksamkeit meinem Namen und dem Ausweis überhaupt. Wenn ich mich recht erinnere, richtete er seinen Blick erst auf mich, nachdem er sich geräuschvoll vom Stuhl erhoben hatte, also mehr aus persönlicher Neugier als um sich ein abschließendes Urteil zu bilden oder mir mitzuteilen, daß seine Entscheidung schon getroffen und er sich des Gefühls mir gegenüber bereits im klaren war, pure Verachtung nämlich, die auch vom Tonfall seiner Stimme nicht verleugnet wurde: „Sie dort hinüber, bitte". Das Herausgeholtwerden aus der anonymen, gewöhnlichen Reihe bedeutete, daß eine gewisse unklare, unsichere Situation an ihren schwierigen Punkt oder ihr unvermeidliches Ende gelangt war, zugleich aber erweckte es in mir die Furcht, es mit der Justiz im allgemeinen zu tun zu bekommen.

Ich war zunächst in dem kleinen Büro, wo Formalität und Gesetz noch in gewisser Weise respektiert wurden, und sei es bloß deswegen, weil man durch das Fenster die anderen Passanten, die mit halbgeöffnetem Paß warteten, beobachten konnte und sich seinerseits gesehen fühlte; gleich danach aber in einem dunklen Raum, ebenfalls aus Holz, der angesichts einer vorhandenen Bank, einiger Spinnweben und schließlich ein paar dort und da von der Decke herabhängender Heufäden nur eine Gefängniszelle sein konnte. Zwei Soldaten mit dem üblichen blauen Gewand kamen kurz herein, um mich zu durchsuchen, oder eher um ihre drängende Neugier zu befriedigen und mir, wie schon zuvor der Ausweiskontrollor, ihre Verachtung mitzuteilen, die sich zu bitterer Genugtuung darüber gesteigert hatte, daß es ihnen gelungen war, mich zu fassen. Einer von ihnen ließ dennoch einen Anflug von Wohlwollen erkennen, das wohl seiner Herkunft aus einer uns fernen Gegend im Landesinneren und also seiner relativen Außenseiterposition in unseren ganz eigenen Grenzkonflikten zuzuschreiben war; während seine zwei Kameraden – denen gleichsam als äußeres Zeichen ihres unerschütterlichen Hasses und aufgewühlten Gefühlszustands die Haare in die Stirn hereinhingen – mir eher jene unversöhnliche Feindschaft, den nie erlahmenden Groll entgegenbrachten, wie nur dem Blutsverwandten, der einen verraten hat. Diese Haltung machte mir wirklich Angst, jetzt und bei jedem Grenzübergang, denn sie war mit unsichtbaren Fäden an das Unbewußte gebunden und mehr aus nicht eingelösten Schuldigkeiten, nicht erwiderten Gefühlen oder Aufmerksamkeiten erwachsen als aus tatsächlicher, regelrechter Mißgunst. Das harte Knallen der Tür, die hinter mir zufiel, die eiligen Schritte auf dem Steinpflaster, die entschiedenen Befehle und schließlich das plötzliche Anlassen eines Motors bestätigten mir dies nicht nur, sondern ließen mich fürchten, das gesamte Präsidium in Alarm versetzt zu haben.

Ich sah sie mit ihren klapprigen Beiwagenmaschinen, die auf dem Schotter der Kurven und im Schlamm schlittern, ins Dorf hinunterfahren, um die politischen Referenten zu befragen, die mir schon immer feindlich gesinnt waren, weil mißtrauisch all dem gegenüber, was von außen kam und wie neuer bürgerlicher Despotismus aussehen konnte, und überhaupt einig in dem Urteil, daß ich aus einer reaktionären Familie stammte. Während ich mich auf der Bank ausstreckte und so meine neue Lage als Gefangener einweihte, unterließ ich es jedoch nicht, mir auch eine günstigere Konstellation und Lösung auszumalen, wie etwa eine Umfrage in der Hauptstadt, wo ich geschätzt war wegen meiner Bücher, die als großmütig und sogar solidarisch bezeichnet wurden, oder das spontane Eingreifen eines Bonzen (der, wenn schon sonst nichts, meine moralische Integrität kannte), was meine Position ein für alle Mal klarstellen würde. Und während die Zeit so verging, war ich deshalb bald völlig mutlos, bald öffnete ich mein Herz den rosigsten Hoffnungen: man würde mir den Prozeß machen und mich verurteilen (aber wofür?) oder sie würden kommen, mich befreien und mir ihre Entschuldigungen entbieten, in einer Atmosphäre der

Herzlichkeit, Selbstanklage und Rührung, die fast etwas Apotheotisches an sich hätte. Dabei war mir aber auch bewußt, daß ich mich immerhin an der Grenze zweier Länder befand, die ehemals Krieg gegeneinander führten und nun zu annähernd freundschaftlichen Beziehungen zurückgekehrt waren, und daß eine eventuelle Beschuldigung nur auf die eindeutige Verletzung einer Gesetzesnorm zurückzuführen sein konnte. Aber ich ging vergeblich alle Möglichkeiten durch, die sich einem Menschen der Grenze bieten, das Gesetz zu brechen, wie Spionage, Aufwiegelei, Schmuggel und so weiter, als die Tür aufgerissen wurde und die zwei Soldaten mit ihren großen, schmutzigen Ledermänteln hereinstürmten.

Ich begriff sogleich, daß sich der Lokalaugenschein nicht auf meinen Geburtsort beschränkt hatte und daß es ihnen also gelungen war, sich eine Gesamtvorstellung zu bilden, eine verhältnismäßig logische und objektive Synthese meines Falles überhaupt: das heißt also, daß die Entscheidung, zu der sie gelangt waren, nur einen Kompromiß darstellen konnte. In der Tat versicherte mir der Wohlgesonnenere sogar mit einem Lächeln: „Es liegt nichts zu Ihren Lasten vor, aber alles wird jetzt von der Durchsuchung abhängen, die wir an Ihnen vornehmen werden". Ich erhob beinahe mechanisch die Arme, aber ein Losprusten seines Kameraden, das vielleicht von der immer noch vorhandenen Antipathie herrührte oder eine Reaktion auf die Unbeholfenheit der Geste eines Getäuschten war, ließ mich die Hände wieder ineinanderfalten. „Ziehen Sie sich aus", und im Prinzip hatte ich nichts einzuwenden, da es sich um einen bekannten Vorgang handelte, der einem zumindest vom Arzt her vertraut ist. Aber derselbe Soldat lachte mir noch einmal ins Gesicht und ohne viele Vorreden hatte er mich schon gepackt, riß mir den Mantel auf, und ein Knopf sprang ab. Ich spürte die Gewalt und beschloß sofort, sie über mich ergehen zu lassen und mich in mich selbst zurückzuziehen, als ich merkte, daß sich von dort eine leise (in gewisser Weise passive, aber Widerstand leistende) Stimme meldete, die der gekränkten und gedemütigten Menschheit, und ohne daß ich mich ihr ganz überließ, sie eher liebevoll-distanziert wahrnahm, merkte ich, wie sich mir die Augen mit Tränen füllten, ich weiß nicht, ob aus Schwäche oder Wut. Wie um mich noch mehr auszugrenzen und noch tiefer in diese öffentliche und zugleich private Demütigung hineinzustoßen, drängten sich nun Menschen an die Fenster, um die schnelle, respektlose Entblößung zu verfolgen, und hielten dabei womöglich den Atem an. Zum Gefühl des Ausgeliefertseins kam jetzt noch die absurde und weithergeholte Sorge um die Unterwäsche, um vergessene Narben und Hautfalten sowie im allgemeineren um die bekannten und vermuteten Makel des Körperbaus; aber, vielleicht um diese zu verscheuchen, beängstigte mich jetzt stärker ein anderer Verdacht, der direkt mit der jüngsten Erfahrung in Verbindung stand, ich fürchtete, in der Zwischenzeit Läuse bekommen zu haben. Ich sagte das auch laut und empfand sogleich so großes Mitleid mit mir, der ich nun endgültig zum unglücklichen Teil der Menschheit gehörte, daß der fast nackte Körper erzitterte beim Kontakt mit den heißen Tränen, die schwer und unaufhaltsam aus meinen Augen strömten, wie aus einem unbedacht beschnittenen Weinstock.

Als ich vollkommen nackt war, betrachteten mich jene einen langen Moment, befriedigt und stolz, mich beschämt zu haben, ohne den Bestimmungen zuwiderzuhandeln. Ich meinerseits hielt dem Blick stand und setzte müde entgegen, daß der von mir nicht geteilte Grund ihrer Feindschaft weiter bestand (wenn sie es schon wollten), und zwar genau dort, wo man mich nicht mehr entblößen konnte. Mir wurde die Tür gezeigt, und ich, die Augen waren wieder trocken, ging mit meinen Fetzen hinaus und suchte nach einer Hecke.

Der Maulbeer-Brunnen

Die Quelle wurde entdeckt, als man den uralten Wurzelstock eines Maulbeerbaumes, eines Morèr, ausgrub. Sofort war Wasser herausgeschossen, und so kam der Brunnen zu seinem Namen. Die Männer hatten dann die große Zisterne gebaut, die alle benachbarten Dörfer versorgt. Am Brunnenrand spiegelte ich mich im Wasser und überlegte, wie es sauber und trinkbar sein konnte, während das im Tümpel darunter (dasselbe) grün von Schilf und Rinderkot war. Ich schaute genauer hin und sah, daß das Wasser gesammelt und geklärt aus einer Scham-Muschel hervorsprudelte: und die war aus echtem Knochen.

Der Märtyrer

Nun hatte man auch den irredentistischen Märtyrer exhumiert und in unser Dorf ins Haus der Zupani gebracht, der Nebenlinie, die sich eines Priesters in der Familie rühmte und liberaler Gesinnung von altersher. Redner konnte niemand anderer sein als der beliebte Ex-Bürgermeister der Stadt, der nach seinen zwei Amtsperioden ein neues Amt eingeführt hatte, jenes des Ex-Ersten Bürgers auf Lebenszeit.

Er stand auf der improvisierten Tribüne und zog den Vorhang zurück, dann einen zweiten und einen dritten. Ein wenig verlegen, erwiderte er dennoch das Lächeln des Publikums, das aus lauter Unkundigen bestand, welche schon zu argwöhnen begannen, die sterbliche Hülle des Helden würde sich auf eine Reihe von verblaßten Brokatstoffen reduzieren, die immer kleiner wurden wie eine chinesische Schachtel. Im Zweifel, ob er spontan der gedrückten Stimmung dieser Bauerntölpel nachgeben oder seine Stimme Gefühlen und Idealen von anderem Niveau leihen sollte, entschied sich der Redner für letzteres und, als er nach dem letzten Brokat noch immer vor dem Nichts stand, begann er: „Aber sein Geist schwebt über uns".

Der Räuber

Das Dorf war arm, bescheiden und gastfreundlich wie ein beliebig anderes auf Sardinien. Die Gruppe der hellblauen und weissen Häuser teilte sich in zwei ganz gerade Stränge, dazwischen rankte sich eine steinige Strasse empor, die sich dann im Land verlor und schließlich in einen Feldweg überging, der am verwilderten und verwucherten Fuß des geheimnisvollen Leuchtturm-Heiligtums endete. Nicht allein das berühmte Denkmal hob dieses Gebiet von den anderen der Insel ab: in seinen Schlupfwinkeln hielt sich ein Räuber-Wildschwein verborgen, das es seit Menschengedenken ausplünderte, welches aber noch nie jemand gesehen hatte. Wie es einem vorkommen muß, der sich auf Durchreise befindet, so erschienen mir die zwei Kuriositäten gleich miteinander verbunden, und ich fragte die Leute, was von beiden älter sei, die angedeutet osmanische Konstruktion oder der gefürchtete Räuber. „Er, er", antworteten sie beinahe im Chor und dämpften dabei ihre Stimmen. Eine Alte mit Warzengesicht präzisierte: „Das andere haben sie danach gebaut, in der Hoffnung, sich von der Plage zu befreien" und instinktiv zog sie ihr Enkelchen an sich.

Eine Frau, die bei den anderen keine große Achtung genoß, bot sich an, mich zu dem historischen Turm zu führen, der sich am Gipfel einer Anhöhe erhob; ich sollte nur warten, bis sie auf der kleinen, sumpfigen Wiese unterhalb der Häuser ihre Schürze mit Brennesseln (sicher für junge Truthähne) gefüllt hatte. Sie war schon eher alt, aber keineswegs unansehnlich, und bald würden wir allein im Schatten von

Geröllhalden und Akazien über abseits gelegene Wege gehen, über jeden Verdacht erhaben dank des beträchtlichen Altersunterschieds.

Wir machten uns auf, zunächst quer durch das Dorf, dann über die Felder; gerade als ich dachte, es wagen zu können, ihr einen Arm auf die Schulter zu legen, stießen wir nach einer Kurve auf eine Gruppe von Männern, die an einer Wegkreuzung standen; geduldig und beharrlich, und hatten nicht den Anschein, als warteten sie auf uns. Die Frau, fast ohne es gewahr zu werden, wie die Alte kurz zuvor, faßte nach meiner Hand, kniff die Augen zusammen und stieß flüsternd in einem Atemzug hervor: „Das ist womöglich der richtige Moment."

Wir befanden uns in Schrittweite von den Männern entfernt, die zum Teil wie Jäger gekleidet waren (mit Samtjacken und karierten Hemden), aber keiner erhob die Augen vom Boden. Plötzlich ließ einer einen Pfiff los, und die ganze Gruppe sprang gleichzeitig auf. Und ging sofort wieder in die Knie, ganz angespannt, ihre Körper schwankten leicht hin und her von der Anstrengung der Konzentration, und waren ein wenig nach vor geneigt auf den Spalt in der Hecke zu. Die Beute kam zum Vorschein, nichts ahnend vom Hinterhalt, bis sie eine leichte Beunruhigung erkennen ließ: es war ein wild aussehender, wuchtiger Mann, in einen Umhang gehüllt, mit einem kräftigen, breiten Kinn wie die Gebirgsbewohner Sloweniens, das von einem ungepflegten, rötlichen Bart bedeckt war. Als er sich in der Falle sah, stieß er ein paar kurze, aber echt klingende Grunzer aus, wie vielleicht sonst auf seinen unbehelligten Streifzügen durch die Ernte, und nachdem er die Sichel mit einer dennoch überlegten Geste herausgezogen hatte, begann er, sich zu verteidigen, noch bevor er angegriffen wurde.

Es überraschte mich nicht, daß das räuberische Wildschwein in Wirklichkeit ein Mensch war: ich empfand ihn als wildes Tier (unter dem Umhang war er in grobes Leinen gekleidet) und insgeheim brachte ich ihn in Verbindung mit einem Mann aus Pizzudo, der nie mehr wiedergesehen ward, nachdem ihn eine Säuberungsaktion der Deutschen im Dorf so verstört hatte, daß er danach in geistige Umnachtung verfiel und für immer ein Leben in den Feldern wählte und auch nach Kriegsende in den Weinbergen und Maisfeldern schlief und aß. In der ersten Zeit half er noch den Brüdern, ohne sich ihnen jemals zu zeigen, des Nachts beim Beschneiden der Zweige und selbst bei der Ernte. Anfangs ließen ihm die vom Haus, um ihn zu entschädigen und langsam zur Vernunft zurückzuführen, ein Mittag- und Abendessen am Feldrand, und die Frauen holten jeweils ein paar Stunden später den Topf wieder ab, der oft sauber und blank wie ein Spiegel war. Dann gaben sie es resigniert auf: das Essen wurde nicht mehr angerührt, und das bedeutete, daß er sich nun auch seiner neuen Natur entsprechend ernährte. Zur selben Zeit hatte er aufgehört zu arbeiten, bis man eines Tages den Weinberg verwüstet vorfand: die Spitzen der Weinstöcke abgerissen, die Trauben in den Furchen verstreut und zertreten, und entlang der ganzen Zeile wild durcheinander Fußabdrücke, die, wie weiter vorne der Kot, nicht von einem Christenmenschen stammten.

Die Erinnerung an den verlorenen Bauern hatte mich vom Handgemenge ferngehalten, bis die Männer und die Frau (sie bewegungslos und gleichsam als Schiedsrichter abseits stehend) mir deutlich zu verstehen gaben, daß nur ich, der Fremde, die Waffe nehmen und den entscheidenden Stoß versetzen könne, da er selbst nun die Sichel schwang, wenn auch nur, um die Angreifer abzuwehren. Einer der Männer deutete auf sein Messer, das offen im Gurt steckte: ich ergriff es und stieß es mit einem Satz tief in die Flanke des Räubers. Er verzog das Gesicht, beugte sich vornüber und starb am Boden in einer Blutlache. Seltsamerweise spürte ich keinerlei Reue: der erste gelungene Stoß meines Lebens hatte ein Dorf für immer gerettet. Und dann verblüffte mich sein ergebener Ausdruck (der typisch für ein Tier, aber ebenso menschlich ist), wie von einem, der im Grund vorbereitet ist auf ein derartiges Ende. Im Niederstürzen hatte er die Handflächen geöffnet und erhoben, wie um zu sagen „es ist recht so", und ich keuchte über ihm nach der vollbrachten Anstrengung, und sah zu, wie er in seinem wilden Blut starb, mit ein wenig Ekel, aber auch einem starken Gefühl von Mitleid, das mich daran hinderte, den Beifall und die Dankbarkeitsbezeugungen der anderen anzunehmen.

Die Sekretärin

Die Stunde, nach zwei Uhr früh, erwies sich als günstig. Wir mußten, sicher ungestört, in den Gängen war es Nacht, einen langen Bericht für die Filiale in Udine abfassen. Wir waren früher fertig als geplant und als wir einander müde anschauten, wurden wir außer der Müdigkeit unseres bloßen Vorhandenseins auf der Welt in diesem Moment gewahr, des Todes-Schlafes der anderen, der unseren immer noch auf den Tag eingestellten Pulsschlag besonders betonte, der niemals gesuchten und schließlich gekommenen Gelegenheit, zum Schaden von niemandem also, sondern gleichsam schicksalshaft, und da hatten wir uns umschlungen und die Lippen aneinandergepreßt. Als wir auf einen Divan fielen, war es nicht mehr sie, sondern die „Chefin" des Verwaltungsamtes, mit der man sich aller Wahrscheinlichkeit nach auch in Gegenwart anderer lieben konnte. In der Tat waren die aus Udine angekommen, und mit ihnen ein kleiner Junge. Die Außenmauer verschwand, von der Straße her schauten uns Menschen zu. Ein Wolfshund sprang knurrend auf den Jungen los. „Du wirst ihn gekränkt haben, und jetzt hat er dich wiedererkannt", sagte einer seiner Begleiter zu ihm. Dann waren wir alle, inklusive die von der Straße und andere junge Leute ganz vorne, am Saum eines Hügels, um einen Sonnenaufgang anzuschauen, und schützten uns die Augen wie bei einer Sonnenfinsternis.

Tod eines Angestellten

Der Chauffeur der Firma war ganz banal gestorben, bei einem Autounfall. Am Jahrestag seines Todes kamen alle zur Messe. Bevor sie in die Kirche hineinging, ermahnte mich die Witwe, nun schon ein wenig scherzend, bei der Opfergabe großzügig zu sein, denn „sie hätten es so nötig". Ich würde nicht unter zehntausend davonkommen und hatte gerade dreißig, um mir den Regenmantel zu kaufen. Der Plan war rasch gefaßt: ich würde mehrere Male mit einem Tausender- oder gar nur Fünfhunderterschein in den Beutel des Meßdieners fahren. Inzwischen formierten sich die Gruppen der Kollegen, Direktoren und Arbeiter. Der Generaldirektor begrüßte die Trauergäste und zeigte sich mir gegenüber sehr verwundert über die Abwesenheit meines direkten Vorgesetzten, des Leiters der Verkaufsabteilung, in der der beklagenswerte Chauffeur seinen Dienst geleistet hatte. Er kam in der Tat, als die halbe Messe schon vorbei und sein Anschwärzer, ein förmlicher, oberflächlicher Mensch, längst gegangen war. Nun war die Reihe an ihm, und er kritisierte, über mein Ohr geneigt, seinerseits die Taktlosigkeit der obersten Autorität des Betriebes, die nicht die Ausdauer besaß, an einer ergreifenden und heiklen Zeremonie, wie es ein Trauergottesdienst ist, bis zum Schluß teilzunehmen. Er bemerkte jedoch nicht, daß die strengen, hervorquellenden Augen des Leiters der Produktionsabteilung (sehr wohl anwesend, fast über Gebühr) starr auf ihn und den frei gebliebenen Platz in der ersten Bank gerichtet waren. Ein wenig milder wurde dieser Blick, als nach Ende des heiligen Amtes die Witwe in Ballettröckchen und Strumpfhose zweimal mit einem Tablett voller Krapfen in Händen das Kirchenschiff durchschritt.

Das Dorf der Zwillinge

Ein Dorf im oberen Thessalien war nur von Zwillingen bewohnt. Das heißt, jeder Mensch hatte einen Doppelgänger bei sich, der ihm aber so ähnlich und unabkömmlich war, daß man nicht sagen konnte, welcher der beiden die Ergänzung des anderen darstellte. Zwei waren die Hoteliers, die mir ein Zimmer zuwiesen, zwei die Apotheker, die mir eine Arznei verkauften, zwei die Wirte, die mir Musaka und Hammelfleisch anboten. Aber auf den Straßen wurde das Schauspiel erst richtig beeindruckend, obwohl es eine Art Seekrankheit auslöste: Alte Leute, Kinder, Frauen mit Einkaufskörben, Mädchen beim Abendspaziergang, Kürbiskernverkäufer, alle waren als gleiche Paare unterwegs. Auch der arme Krüppel vor dem Zeitungskiosk hatte sein Duplikat, identisch, mit derselben Mißbildung, aber sehr selbstbewußt, vielleicht weil nicht klar war, wer von ihnen sich als Opfer eines bösen Scherzes fühlen sollte. Zu zweit schließlich die Popen, die mich nicht in die Kirche hineinließen. Ich fragte mich sofort, was sich in dem kleinen, achteckigen Tempel verbarg, das in Verbindung mit der Zwillings-Geschichte stand. Heute neige ich zu der Ansicht, daß auch zwei Jesuskinder in der Krippe lagen, denn ich erinnere mich sehr gut, daß, als ich wieder unter Leuten war, mich von neuem die Buckeligen und Lahmen beeindruckten, mit ihrer Zweitausgabe an der Seite, halb als Trost, halb als Begleitung; wie mich übrigens auch die kleinen, selbst bei Normalmenschen vorkommenden Unvollkommenheiten anzogen, die, in solcher Reproduzierung, Gleichgewicht und Harmonie herstellten. Es war in der Tat ein heiteres, wenn nicht glückliches Dorf.

Eine einzige Rechnung ging nicht auf, als ich schon im Begriff war abzureisen. Auch dort hatte eine Frau das Wunder einer Zwillingsgeburt erlebt wie bei uns, und zwei waren die Mütter, die den Kinderwagen schoben: aber hätten die Kleinen dann nicht vier sein müssen?

Mykene

Auf dem Platz vor dem Schlachthaus in Nauplion gerann unter fünf getöteten Widdern das ganze Blut von Mykene, das ich eine halbe Stunde zuvor Stein für Stein in einem langen Schauder besichtigt hatte. Es war ganz violett, und das blasse Rot der durchschnittenen Kehlen davor ließ beinahe an ein Martyrium denken. Doch genau das Tier in der Mitte (auf das achtet man nie besonders) hatte ein Auge noch halb geöffnet und schien einen letzten Rest Atem in sich zu haben, der plötzlich kräftiger wurde. Er schwoll an, schwoll in regelmäßigen Zügen an, wurde zu einem zischenden Luftansaugen, wie wenn das Tier das ganze Leben wieder zurückholen wollte, das ihm zwischen den Zähnen entwichen war: bald würde es die Augen vollends öffnen. Schon bewegte es leicht den Kopf hin und her, als dem Mann an der Pumpe, den wir nicht sehen konnten, das Zeichen zum Aufhören gegeben wurde, und der schwarze Schlauch wie von einem Reifen fiel und sich auf der Erde wand wie eine zischende Schlange. Sie wurden an Haken aufgehängt, pralle Säcke, die leicht zu häuten waren. Als die Zunge in der Lache lag, hob sich das farblose Rot der Kehlen noch mehr ab. Unsere Freundin aus Athen hatte sich von einem Taxifahrer bedroht gefühlt: „Wenn wir einmal was zu sagen haben, schneiden wir euch Bürgern die Kehle durch". Und, früher schon, war meinem Vater in Buje der Prozeß gemacht worden wegen der unvorsichtigen Worte: „Wenn wir wieder bei Italien sind, werden wir allen Komitee-lern die Kehlen durchschneiden". Eine alte, sichere Art zu töten, von Istrien bis Griechenland, bei den gleichen Schafs- und Ziegenherden. So mußten Klytemnästra und später Orest gehandelt haben; und ein Auge hat sich nicht geschlossen.

Mongolen

Wie einst die Schwarzen von der US-Marine, an die sich die Leute gewöhnt hatten, kam nach Triest eine ganze Rasse oder Gemeinde zu Besuch, die einzigartig war auf der Welt: Mongolen mit riesigen Schultern, samt ihren Frauen und Kindern, junge Leute aller Altersstufen, die in seltsame Tracht, zumeist aus schwarzem Samt, gekleidet waren und mit Strohflaschen und Sackpfeifen ganz friedlich das Stadtzentrum besetzten. Man fragte sich, woher sie kamen – aus Thailand, Kambodscha, den Philippinen oder irgendeiner östlichen Sowjetrepublik –, da sah man auf einer großen Plastik in der Via Carducci (wo sie gerade ein großes Fest vorbereiteten, mit Blumen und Volkstänzen wie am 1.Mai in Ponziana) ihren Kleinstaat abgebildet, im Herzen Asiens, zwischen Rußland und China. Ich lief nach Hause, um im Atlas nachzuschauen. Auf Grund einiger Anhaltspunkte, die ich mir gemerkt hatte, suchte ich beharrlich über der Provinz Sinkiang, aber das gesamte chinesische Territorium lag da als dunkelgrüner Block, genauso das sowjetische, ohne daß neutrale Inseln ausgespart waren (es war auch ziemlich unwahrscheinlich, daß das überhaupt möglich wäre), wie bei uns die Republik San Martino.

Das Kind

Die so sehr ersehnte Stadt, Shanghai, Hongkong, der nie gesehene Ferne Osten, den es galt, sich in aller Eile beim Aufenthalt zwischen zwei Flügen einzuverleiben, und ich mußte einem Betrunkenen von daheim in die Fänge geraten, dieser Nervensäge, die ich nur allzu gut kannte, sodaß ich mir seine unverständliche, lallende Kindersprache Wort für Wort übersetzen konnte. Die Betrunkenen haben immer etwas zu zeigen, das hinter oder vor ihnen liegt: er gehörte zu letzeren und zog mich aus der Flugzeughalle, die zugleich ein Ausschank war, hinaus auf einen schlammigen Schilfweg, dabei verschmitzt mit dem Kopf wackelnd und mir mit erhobenen Händen im voraus andeutend, was ich bald in dem weitläufigen Dorf sehen würde, nicht so sehr (obwohl er mich darauf hinwies) seine Hütte, die sich von den anderen durch die Fernsehantenne unterscheiden würde, sondern das andere, drinnen, die eigentliche Wohnung, die sie sich in einer riesigen, aus einem Raum bestehenden, feuchten und grauen Zirkusbaracke eingerichtet hatten, und vor allem die Kinderschar, die in loser Reihe, fast könnte man sagen, in Trauben, die Altersstufen von der frühesten Kindheit bis zur Jugend darstellte: am dichtesten gedrängt die ersten Jahre, als ob, wie das so oft geschieht, der Start gewissenhaft und genau erfolgt und man dann ein wenig müde geworden ist; oder, umgekehrt und logischer, wie wenn man angesichts dieser unkontrollierten Fruchtbarkeit, die nach und nach Ordnung annahm, ihr zu guter Letzt selbst eine geben wollte, womöglich in Hinblick auf eine Prämie der Regierung. Es war ein

Crescendo von Kindern beiderlei Geschlechts und jeder Größe, die, gelb und unterernährt, einander überraschend ähnelten und mir keine große Aufmerksamkeit entgegenzubringen schienen, obwohl sie mich bis zur Peinlichkeit taxierten, mit demselben abschätzenden Blick, mit dem sie ihren geschwätzigen und nichtstuerischen Vater bedachten. Ich wußte alles von ihm: wie würdevoll, gastfreundlich und fürsorglich er auch in meinen Augen erscheinen wollte, so sehr kehrte er Achtlosigkeit und gar Brutalität den Seinen gegenüber hervor. Schimpfend und scheltend ließ er seine Fäuste auf die Köpfe einer kleinen Gruppe Zehn- bis Zwölfjähriger niedersausen, deren einzige Schuld darin bestand, daß sie mich, trotz ihres Alters, nicht anschauten und mechanisch ihr Fingerspiel mit einem Spagat fortsetzten. Es handelte sich jedoch nicht um blinden Despotismus, denn hin und wieder ließ er Zärtlichkeit erkennen, welche aber in der gefühllosen, farblosen Umgebung nur wie widerliche Bevorzugung wirken konnte; anders gesagt, die den Kindern entzogene Aufmerksamkeit kam nicht allein dem Gast zugute, sondern wollte auch die belohnen, die seiner Meinung nach ihrer am würdigsten waren: so beugte er sich zu einem splitternackten und zerzausten kleinen Mädchen, um es beinahe krampfhaft auf die Wange zu küssen, und begleitete sein ungeschicktes Torkeln dabei mit gar lieblichen Diminutiven. Seine ruckartigen Bewegungen verrieten die dringliche Notwendigkeit (oder das Wissen um das Fehlen) eines inneren Gleichgewichts. Er rief nun laut und deutlich einen Namen, der nur der seiner Frau sein konnte, denn sein Blick war wütend geworden, dem Stimmregister und vor allem dem unsicheren, kranken, erbärmlichen Körper absolut unangemessen.

Sie trat hinter einem Vorhang oder Paravent hervor, klein und dick, mit zu Boden gesenkten Augen, die sie nicht einmal nach einer plumpen Verneigung erhob, als ihr Mann mich irgendwie vorstellte und sie sofort wieder mit einem einsilbigen Wort entließ. Man hatte bis dahin im Zimmer noch verhaltenes Geplapper gehört; jetzt aber schien eine schwere, lastende Stille es wahrhaft unter Spannung zu setzen. Alle waren zu dem kleinen Nebenraum hin gewandt, aus dem nun wieder die Frau heraustrat, mit weiten, ausgeblichenen Hosen, und auf uns zukam, als ob sie auf einem Drahtseil ginge, in der Hand den Henkel einer irdenen Suppenschüssel. Ein wenig abrupt, doch ohne das geringste Geräusch, stellte sie sie vor mich hin, und ihr Mann rieb sich befriedigt die Hände. Wie sollte ich diese Reisbrühe angehen, aus der ein Stückchen fetter, gelber Haut herausragte und der Knochen eines Federviehs? Mit den Stäbchen vielleicht, mit denen ich nicht umgehen konnte, schon gar nicht unter den aufmerksamen Augen der Kinder, die sich nun im Kreis geschart hatten, bereit, zumindest ihrer Verachtung (und warum nicht ihrem Abscheu) in einem eisigen Hohngelächter Luft zu machen?

Auch der Mann beobachtete mich, das Kinn auf der zur Faust geschlossenen Hand; dann, auf seine Art die Schwierigkeit, in der ich mich befand, interpretierend, sprang er auf und, wieder mit den Händen vorausdeutend, beugte er sich über einen Sack und zog wie in einem Wunder einen Aluminiumlöffel hervor. Er lachte zahnlos, und mit fast krampfartigen Gesten mußte er mir natürlich sofort darstellen, wie er in seinen Besitz gekommen war. Enttäuscht zerstreuten sich die Kinder wieder nach allen Seiten, bis auf das kleine Mädchen, das mit seinem unsicheren Gang in die Nähe meines Sessels gelangt war und mir eine noch eitrige Wunde auf ihrem Handrücken zeigte. Ich nahm die Gelegenheit wahr, ihm einen vollen Löffel zu reichen, als mich der Vater kreischend zurechtwies und das Kind mit einem Schlag auf den Hintern davonjagte, trotz der Zuneigung, die er ihm kurz zuvor erwiesen hatte. Ich tat also so, als würde ich essen, stocherte in der Suppenschüssel herum und kaute mit leerem Mund, während der wieder besänftigte und in seinem Stolz bestätigte Hausherr das Gesicht in die auf dem Tisch liegenden Hände vergrub. Ich versuchte, ihn unter allen möglichen Vorwänden abzulenken, wies auf einen Jungen hin, der sich auf einem Haufen Lumpen ausgestreckt hatte, oder befragte ihn über die Matte aus Schilfrohr, die seinen Rücken schützte. Und indessen nahm ich einen Löffelvoll und leerte ihn flink zu Boden wie im Internat, und ging dabei sogar so weit, das Ganze unverschämterweise damit zu rechtfertigen, die Kinder könnten sich nachher daran bedienen. Wichtig war nämlich nicht, wie bei uns üblich, daß ich die ganze Schüssel leerte, sondern eher, daß ich die Gastfreundschaft angenommen hatte. Ich konnte also sagen, es geschafft zu haben, aber um das Urteil des Hausherrn hinauszuzögern, lenkte ich ihn noch einmal ab, indem ich mich nach seiner Frau umwandte, die neuerlich auf uns zukam und wieder etwas in Händen hielt, unsicher im Gang und doch anmutiger diesmal und fast wiegend. Ich sprang auf und legte demonstrativ den Löffel nieder, genau in dem Moment, als aus ihrer vorgestreckten Hand ein langer Schrei losging. Ich zeigte Rührung, ließ sogar zu, daß mir die Augen naß wurden, während das Gefühl, das mich beherrschte, eher Ungläubigkeit, vermischt mit Verlegenheit war: das

Ding, das sich vor meinen Augen bewegte und wimmerte, war eine so erschütternd winzige Ausgabe unserer Neugeborenen, daß die kleine Mutter es bequem in einer Hand hielt. Selbst der Vater konnte seine Verblüffung nicht verbergen, auch wenn er sie rasch überging und nur mehr mechanisch den Kopf schüttelte. Ich stürzte auf die Mutter zu – umso mehr, als eine Wolke von Fliegen über meinem Risotto schwebte – und sagte in meiner Sprache, an die Tochter zurückdenkend: „Sie sind wirklich so klein, man erinnert sich gar nicht daran", und forderte sie auf, mir den Winzling zu reichen, ihn mir einen Augenblick zu leihen, wie um im Geist einen raschen Vergleich zu ziehen. Der Betrunkene war gerührt und wie gedemütigt; er beschwor mich, es zu lassen, den Kopf hatte er nun ganz über eine Schulter geneigt und den Atem stieß er durch die Zahnlücken hervor. Die Mutter horchte auf, übergab mir eilends das Bündel und war weg, ein paar Kindern nach, die hinter dem Paravent verschwunden waren.

Ich hatte es nun ganz für mich, es war nicht größer als eine Kokosnuß, mit hervorquellenden Augen wie ein Berberaffe. Ich begann, es zu wiegen, und dann, in Erinnerung an ein Spiel aus anderen Zeiten, wer weiß welcher Teufel mich geritten hatte, ließ ich es schaukeln, indem ich mit der Hand schnelle und gefährliche Halbkreise beschrieb; dann warf ich es mir wie einen Ball zu und fing es in der Handfläche wie in einer Pfanne auf, versuchte vielleicht, es zum Lachen zu bringen, während nur der Vater heiser krächzte, und die Frau drüben, zumindest dem Jaulen nach zu schließen, das sich erhoben hatte, feste Ohrfeigen austeilte, sodaß ich mich umwandte und danebengriff, entsetzt beugte ich mich dem Spielzeug nach, das schon hinunterstürzte und am Boden zerbrach, mit einem dumpfen, unheilvollen, endgültigen Geräusch. Als ich es aufhob, gab es kein Lebenszeichen von sich, obwohl es weder eine Beule noch die geringste Spur von Blut aufwies. Verwirrt wandte ich mich an den Vater, der vollkommen unvorbereitet darauf war, so plötzlich von Heiterkeit in Schrecken überzuwechseln, von Förmlichkeit zu Aggression, und der mir tatsächlich noch grotesk zulächelte und so versuchte, den Vorfall herunterzuspielen, aber sein Blick war schon böser geworden, und er bemühte sich nicht mehr, mich vor seinem üblen Atem nach schlechtem Tabak zu verschonen. Er hatte nun das Kind an sich genommen und mit dem Zeigefinger an den Lippen entfernte er sich auf Zehenspitzen in den Nebenraum, wohin sich die ganze Familie zurückgezogen hatte. Ich hätte davonlaufen können, aber ich wußte, daß dadurch meine Schuld nur größer geworden wäre, und so wartete ich mit den Fingern im Mund, am Boden zerstört.

Die Frau kam mit einem unterdrückten Schluchzen hinter dem Vorhang hervor, rannte auf mich zu, den kleinen Körper fest an ihr Gesicht gedrückt, gefolgt von ihrem Mann, der versuchte, sie mit Drohungen zu besänftigen, und sich an den nächststehenden Kindern ausließ. Sie schaute mich diesmal nicht einmal an, rannte wirr um mich herum, lief ziellos durch den riesigen Raum von einem Ende zum anderen, der Mann immer hinterdrein und einzig darum besorgt, so schien es, welches Bild er durch sie abgab und überhaupt, welchen Eindruck der Gast aus dieser Szene gewinnen würde. Offen entschuldigte er sich und schimpfte die Frau wahrscheinlich eine Hysterische, eine Verrückte, und ließ sich dann wieder an den Kindern aus, die der Mutter folgten, bis er mir in einer hassenswerten Komplizenschaft mit einem Achselzucken zu verstehen gab, daß er sich außerstande sah, die Situation unter Kontrolle zu halten; das heißt, er forderte mich auf, er flehte mich an zu gehen.

Ich tat es nicht seinet-, und auch nicht meinetwegen; ich begriff, daß meine Gegenwart vor allem sie beleidigte, die gezwungen war, ihren Schmerz zu kontrollieren. Ich weiß, daß ich ein Ungeheuer bin in der feinen Kunst der Selbstrechtfertigung, das heißt ein Weißer, und fügen wir ruhig hinzu, ein Christ; aber ich glaube auch, daß ich eine fast pathologische Fähigkeit habe zu erkennen, wann der Moment gekommen ist, nicht länger zu stören. Ich war draußen, die Fernsehantenne vibrierte durch das in der Baracke ausgebrochene Wehklagen, und ich sah nicht weit entfernt den Flügel meines Flugzeugs in der heiteren Sonne glänzen, die über die ganze Welt strahlt und jedes einzelne menschliche Unglück auf ein Nichts reduziert. Aber in mir stieg, wie um meine Qual zu verstärken, die vage und doch bedrängende Ahnung auf, daß sich diesmal nicht alles bald wieder legen würde wie immer.

Tote Moslems

Wird es denn immer eine Erde geben für die toten Moslems vom Amselfeld, von Sarajevo und Bar, wo schon alle Wiesen voll sind mit den schiefen, namenlosen Grabsteinen? Und wird die Erde der alten Friedhöfe für immer allem Leben verschlossen sein, außer für Brombeersträucher und Flechten, die dort wachsen, wo selbst die Ziegen nicht hinkönnen und auch nicht die zwischen den Häusern ballspielenden Kinder? Es wäre eine Möglichkeit, sollte die ganze Welt moslemisch werden, die Erde nach und nach überhaupt verschwinden zu lassen, indem man sie mit steinernen Pfählen ans Jenseits nagelte. Aber wo begräbt man sie heute, da alles übrige Ackerland ist?

Das überlegte und dachte ich bei meiner Fahrt durch das südliche Jugoslawien, mit seinen džamije, den Moscheen, die innen grün waren und weiße Minarette besaßen. Zwei Steinmetze, die den anderen Arbeitern entlang der Straßen der armen und reichen Welt in allen Details glichen (mit einer Bräune, an der man die Umrisse des Hemdes erkennt, einem Tuch um den Hals, und an der Mauer dem kleinen Topf mit Minestra und Gesottenem), maßen gerade eine schon viereckige Platte aus. Man stellte also immer noch Steinsärge her, und einer der beiden, uneins mit dem anderen, streckte sich rücklings auf dem Stein aus, damit der Kollege die Maße abänderte. Es mußte sich um einen korpulenten Türken handeln.

Auf- und Abstieg

Ich weiß nicht, ist es eine zarte Übereinstimmung, hintergründig und vielleicht auch verwirrend, ein Gleichgewicht zwischen Gegensätzen, oder die spontane und persönliche Antwort auf eine Ehrerbietung, die ihrerseits untergründig war, eine Andeutung, aber von einer gewissen Feinheit. Tatsache ist, daß sie mich vergangene Nacht in einem Motorboot, das auch auf Asphalt fahren konnte, bis auf wenige Meter ans Meer heranbrachte. Ich erahnte ihre Absicht, sie wollte auf See gehen, aber sollte es doch nicht an der Mole tun, wo gerade das sehnlich erwartete Dampfschiff nach Triest anlegte, grün-schimmernd, wie von Algen bewachsen, vier stolze Buge lagen nebeneinander und alle grün, wie um meinen Alarmzustand zu unterstreichen, und dann ein einziges, leichtes Boot in sattem Grün. Leichtfertig und unbeeindruckt ließ sie, ohne daß ich den kurzen Ruck von der verlassenen Mole hinunter bemerkt hätte, das Boot ins Wasser gleiten, dort war jedoch die ganze Strecke mit einer seltsamen, festlichen Markierung gekennzeichnet, die mir neu war, erst recht ihr neu sein mußte (die sicher und gelassen das Steuer führte), ihr, die sich nicht einmal getraute, ein Auto zu lenken. In der Nacht darauf führte ich sie – ganz anders jedoch, langsam und vorsichtig, ging ich vor, mit wie wenig Hoffnung, meine schweißgebadete Hand in ihrer – die schmale, steile Treppe einer türkischen Festung hinauf. Und, obwohl ich sehnlichst wünschte, oben anzukommen, frohlockte ich an jedem Treppenabsatz, auf den sie sich mit meiner Hilfe schleppte, dem bekannten

Schwindelgefühl zum Trotz, das sie immer daran gehindert hatte, mich auf den Innenbesteigungen so vieler Türme und Glockentürme zu begleiten. Wir waren, ich weiß nicht wie – wirklich rührend, wie sie sich beinahe auf allen vieren weiterschleppte, um mich nicht zu enttäuschen –, auf der obersten Plattform angelangt, wo für wenige, vielleicht die Fanatiker, noch eine letzte Stiegenrampe weiter hinauf führte, von deren Ende aus man aber unser Gebäude in seiner ganzen wunderbaren Gesamtheit betrachten konnte. Ich gab mich mit der Terrasse zufrieden, wo alles glitzerte und golden glänzte und alles osmanisch war: die Kaffeeservice und Brokate, viereckige Flächen zwischen den Mauern, die mit geometrischen Dekorationen verziert waren, das niedrige Dach. Wir verloren uns in dem spärlich bevölkerten Salon und versanken in einem riesigen Divan, von dem aus wir, wenn uns schon die Spitze nicht vergönnt war, den unteren Teil der Festung bewundern konnten, mit den angeschlossenen weißen Pavillons und den Häuschen der Schildwachen. Eine ruhigere und tiefere Liebe war die zwischen den ganz einfachen Menschen.

Die Kommunion

Diese Mädchen zogen mich, wie es bei uns heißt, an der Quaste, sie machten sich über mich lustig: Nella und die anderen, die ins Dorf zurückgekehrt waren, nachdem sie eine Zeitlang in der Stadt irgendwelche Arbeiten verrichtet hatten, oder eben die lebhaftesten (geborene Freundinnen geradezu) unseres Internats, das gemischt war, aber dennoch von Priestern geführt wurde. Die Spöttelei rührte zum Teil von meinem Amt als Hilfsmesner her, der noch dazu behauptete, nicht gläubig zu sein, und überhaupt von meinem Auftreten als Atheist, der aber nicht überstürzt und leichtfertig fürs Augenzwinkern oder Hofieren zu haben war. Sie spielten mir jeden erdenklichen Streich, steckten mir zum Beispiel kleine Blumenkränze in die Jacke, klare Anspielungen, wie bei einem Verlöbnis oder wie Liebespfande, die verzweifelt ein taubes Herz bestürmen. Und früh am Morgen, wenn sie noch schliefen und ich allein mit den Ordensbrüdern in der Kapelle war, wer war ich da eigentlich?

An jenem Tag feierte der mit mir verwandte Monsignore die Messe, und bei der Kommunion tat er gnädig so, als ob er mich nicht sähe an der Brüstung, ein wenig abseits von den anderen. Ich hatte nicht gebeichtet, und doch fühlte ich mich würdig zu kommunizieren: was waren denn im Grunde meine Frevel, und hatten nicht all jene Konzile die Liturgie und selbst die Sakramente reformiert? Empfing man nicht nunmehr ein kleines Kekschen, ein Stück Brot wie die Serbisch-Orthodoxen, das man froh und gelassen hinunterschluckte wie bei einem Fest unter Freunden? Ich gab ein Zeichen meiner Anwesenheit und meiner Absicht, als er gerade mit dem Hostienkelch vor einem jungen Priester stand, der bei uns auf Urlaub war und nicht zelebrieren durfte. Zum Teufel, es war eine ernste Sache, wie jedesmal. Aber ich konnte mich nicht entziehen, er kam schon zu mir herüber. Die Oblate war wirklich süß, ein Konfekt, das noch weißer erschien vor dem Gold-Gelb des kirchlichen Geräts. Man konnte sie also kauen, und kaum hatte ich sie im Mund, schien es mir natürlich, aufzustehen und mit offenen Augen ohne das obligate Verharren in Reue wegzugehen. Doch die anderen blieben wie immer knien. Genügte es denn nicht, daß ich bereit war, sie dort zu empfangen, auf Knien zwischen Menschen mit anderer Anschauung, obwohl ich genug Geld in der Tasche hatte, mir eine ganze Tüte zu kaufen?

Die Ricotta-Frau

Der Ehemann war sanft, vernünftig, freundlich (er war es, der den Käse machte), sie widerspenstig und fast vulgär in ihrem Mißtrauen anderen gegenüber, was sich darin ausdrückte, daß sie alles mit äußerster Exaktheit abwog, so wie sie auch ihren Geiz verbarg, indem sie die Einladung, für einen Augenblick ins Haus zu treten und ein Glas zu trinken, die er schon ausgesprochen hatte, mit lauter Stimme wiederholte, und dabei knallte sie ungestüm und ohne Grund offenstehende Schubläden zu. Ich wußte nicht, daß sie den noch jungen Körper verteidigte, für den sie ihn zu Recht hielt, und sei es nur des Alters wegen, das sie mehr in meine Nähe rückte als in die ihres Mannes.

Eines Tages traf ich sie alleine an, er würde bis zum Abend mit den Schafen draußen sein. Ihre Kinder waren schon verheiratet, und das kleine Mädchen, das sich mit ersten Kritzeleien abmühte, konnte nicht von ihr sein, sondern war sicher die nicht sehr wache Tochter der Frau von Montenudo, zu der ich im vollen Mittag hinaufgestiegen war, um Muskateller zu kaufen: wir zwei allein auf dem ganzen weiten Hügel, der in Sonne und Stille versunken war, kein Blatt bewegte sich, kein Huhn hörte man gackern. Dar war ein schwüler, trüber Nachmittag, die Baumkronen wurden von einem warmen Wind geneigt, der Himmel lastete schwer über dem Meer. Der Umstand, daß wir allein waren, bedeutete für sie das Recht und zugleich die Verpflichtung, sich hinzugeben, unausweichlich. Ich hatte mich über das Mädchen gebeugt, um ihre Striche und Linien zu korrigieren, was sie mir sofort gleichtat, und schon spürte ich ihr entflammtes Gesicht an meinem, wie es zitternd zu den Lippen hinunterglitt. Ich öffnete sie erst nach einem versichernden Blick von ihr, die Kleine hätte wohl schon anderes mitangesehen, nie aber, dachte ich, einen Kuß, wie wir ihn vorhatten, wie sie selbst ihn vielleicht schon in die Erinnerung verbannt hatte, und ich spürte sie heiß und fordernd mit Fleisch und Blut in meinen Mund eindringen. Sie richtete sich aber gleich wieder auf, führte mich ins Haus und öffnete die Tür zur nachmittäglichen Stube. Daß das Mädchen jetzt etwas sehe, machte nichts: es war dasselbe, was sich mit Papa abspielte, und noch mehr in der Herde. Ich fand mich später in einem unterirdischen Waschraum mit Duschen und Wasserabflüssen wieder, in Begleitung Gilbertos, und konnte es kaum erwarten, ihm die Geschichte zu erzählen. Da tauchte sie plötzlich auf, in neuer Aufmachung im Kittel einer Büro-Putzfrau, und flüsterte mir beinahe drohend zu: „Du wirst mich doch wohl nicht verraten haben".

Der Verwandte

Es war der Bauer, der nach so vielen Jahren, da wir uns gerade mit dem Auto in jener Gegend befanden, wieder einmal ein Wurstomelett kosten wollte und mich dazu verleitete, an die Tür eines Verwandten zu klopfen, den ich zuletzt als Kind gesehen hatte. Ich erkannte ihn aber, als er mit den Rindern von der Tränke zurückkam, da er meinem Vater sehr ähnelte, welcher im Grunde sein Cousin ersten Grades war: untersetzt, vorgeschobenes Kiefer, gerade Nase. Er begann zu weinen und hörte nicht wieder auf und in der dunklen Küche weinte er mit dünner Stimme weiter, worüber sich seine Frau keineswegs verwundert zeigte. Sie forderte uns vielmehr sogleich mit versteckten Gesten auf, ihn zu bemitleiden, was mich mit einem Mal fürchten ließ, in ein Haus von Verrückten geraten zu sein. Es war aber ein trauriges Haus, wie alle in dem nur von alten Leuten bewohnten Dorf, und banges und verlegenes Schweigen herrschte darin. Oder sie hatten uns ganz einfach nichts zu sagen.

Nachdem er sich ausgeweint hatte, jammerte der Cousin über die Ernte. Der Hagel habe ihm den ganzen Wein vernichtet, eine Getreidekrankheit, die alle hundert Jahre einmal auftritt, den ganzen Weizen aufgefressen, die Ölfliege die Oliven, und schließlich war ihm eine Kuh beim Kalben umgekommen. Schon überlegte ich, wie ich mich am besten verabschieden konnte, als die Frau etwas auf den Herd stellte, und es binnen kurzem nach jenem Omelett roch, das aus Luganiga-Würsten bereitet wird. Wir aßen, wie nach einem überstandenen Spuk, und er sagte, ein bißchen Wein habe er immerhin zusammengebracht, auch wenn er Zucker beigeben mußte, so sauer waren die wenigen Trauben, die das Unwetter verschont hatte. Er ging in den Keller, und seine Frau, die wieder geheimnisvoll tat, ermahnte ihn: „Mach keine Dummheiten".

Als er zurück war, nahm ich spontan ein drittes Glas vom Tablett und reichte es ihm über den Tisch. „Oh nein", lächelte er wehmütig, nicht bevor die Frau des Hauses es ihm aus der Hand genommen hatte. Wir leerten den Krug, ohne es zu merken, und er stieg neuerlich in den Keller hinunter. Wie erwärmt von unserer kleinen Euphorie, entschloß sich die Frau, die Katze aus dem Sack zu lassen, leise und hastig:

„Weh ihm, wenn er den Wein nur sieht, er ist schwer krank".

Ich fühlte mich verpflichtet, zu fragen, was er hatte, und sie wieder hastig und flüsternd: „Hin und wieder verkrampft sich ihm das Kiefer und ist nicht wieder aufzukriegen. Wir haben es zu zweit versucht, ich und der Arzt, einer hat oben gezogen, einer unten, mit aller Kraft. Er hat nicht einmal die Nadeln gespürt, die ihm der Doktor ins lebendige Fleisch gestochen hat, was mir ohnehin nicht recht war." Ich hielt es nicht länger aus und gegen den Willen des Gefährten, der wieder zu trinken begonnen hatte und bald mich, bald meinen Verwandten erheitert anblickte, gab ich vor, mich plötzlich an eine Verpflichtung zu erinnern, weswegen ich auf der Stelle weiter mußte. Kaum waren wir draußen, konnte sich der Freund, der älter war als ich, nicht mehr zurückhalten: „Noch nie eine vollkommenere Ähnlichkeit gesehen".

„Mit wem?" fragte ich, „mit meinem Vater?"
„Mit dir, mit dir; sag nicht, daß du das nicht selbst bemerkt hast. Und überhaupt, laß mich fahren."

Das geschenkte Haus

Das letzte Stockwerk, das einzig bewohnbare des alten Patrizierhauses, das wir geschenkt bekommen hatten, erreichte man über ein kleines Förderband aus Holz wie in den Scheunen – wer gibt, dem kostet es nichts, und wer bekommt, darf nicht zuviel verlangen. So würde meine Frau auf der Hut sein müssen, denn in einer der vielen Kammern des riesigen Dachbodens, der zur Straße hin offen war (wo alte Schuhe herumlagen, Mörtel und abgestandener Mist im Gang), schien ein Vagabund seine Nächte zu verbringen; und außerdem, vielleicht aus Respekt vor den ehemaligen Besitzern, war es ungeschriebenes Gesetz, den Marmoraufgang an der anderen, völlig intakten Seite des Gebäudes nicht zu benutzen. Doch wir hatten endlich ein eigenes Haus, der uns überlassene Teil war zwar verfallen und verwahrlost, es garantierte uns aber volle Freiheit oder besser ein Leben ohne Verpflichtungen, außerhalb der sogenannten menschlichen Gemeinschaft.

Ich ging ihr in den Garten nach, wo sie Wäsche aufhängte, die wer weiß welche Sonne trocknen sollte. Es gab nur Zwetschkenbäume, aber alle voller Früchte, die Äste schwerbeladen, auch die untersten, dank der hohen, mächtigen Umfassungsmauer, wie die um das Priesterhaus in Capodistria. Ich hatte das Gefühl, daß mein Arm gelähmt war, und zwar nicht so sehr wegen der gewaltigen, strengen Mauer, sondern weil es nicht fein wirkte, nicht kultiviert war und auch nicht allzu zivilisiert, sich an ihnen zu bedienen. Meine Frau, die Städterin, war nun auch violett im

Gesicht inmitten all dieser Zweige voll herabhängender Zwetschken, sie verstand und sagte, ich solle die nehmen, die mir in die Hand fielen, und ich erinnerte mich entfernt daran, daß das allgemeine Besitzrecht nur verbot, sie zu verkaufen.

Fast als ob die Mutter

Fast als ob die Mutter des Jungen, der sich selbst lebend verbrannt hatte, auch dich berührt hätte. Wer konnte in der Tat annehmen, daß sie nach sechs Tagen, die sie stehend im Gang vor dem kleinen Zimmer verbracht hatte, weil sie es vorzog, andere eintreten zu lassen, „die anderen", die mehr zählten als sie, den verwüsteten Körper ihres Sohnes noch immer nicht gesehen hatte, der von oben bis unten in weiße Binden gewickelt war wie ein Lazarus, ihr schöner, großer und starker Sohn, der so schnell zum Mann wurde, sich die Kleider mit Kerosin übergießt und anzündet, aus Gründen, die sich ihr entziehen, aber sicherlich aus jenen kostspieligen Büchern stammen, die keine Schullektüre sind? Ich ließ sie ihn abdecken und die Warmwasserflasche suchen, die irgendwo an dem absurden und unkenntlichen Gipsmonument hinabgerutscht war, und sah sie bleich werden, aus den schon tränenblinden Augen ich weiß nicht wie noch neue Tränen herauspressen und erst dann den Kopf in die Hände fallen lassen und stammeln: „Ich hatte ihn noch nie unten gesehen, meinen armen Sohn", mit einem Schmerz, der indirekt, durch mich als Vermittler, auch dich berühren mußte, o Mutter, die du mir jenes eine Mal keine Vorwürfe machtest und sagtest, daß das nichts ausmachte, der Sand zwischen den Leintüchern unseres großen Bettes, das im Dorf geblieben war, in das ich mich vielleicht sogar betrunken und satt von Frauen hatte fallen lassen, in voller Kleidung und mit Schlamm an den Schuhen. Nein, als du zurückkamst, um das wenige, das uns noch gehörte und das genau die Stube anfüllte, durchzusehen – auch dieser dein Sohn war also so weit gesunken, daß er sich „dort" zugrunderichtete – , hast du kaum wahrnehmbar und fast liebevoll mit der Hand den Sand vom Leintuch gestrichen und bekräftigt, daß es nur Sand sei und außerdem schon trocken. Zu den traurigsten Augenblicken unseres Lebens mußte ich dich zurückführen, um dich irgendwie zu verschwägern mit der Mutter des Jungen, um einer Pflege und Aufopferung, wie ich sie niemals genossen habe, Glaubwürdigkeit zu verleihen, und, als Sohn meines Vaters, wollte ich dich sofort belohnen und nahm dich mit in das „noble" Capris-Capodistria, damit du in aller Ruhe am Schmerz anderer teilnehmen konntest. Tatsächlich war dies nicht der Beginn eines Streiks, sondern eines Begräbnisses, das erste Grüppchen von Leuten mit Fahnen und Kreuzen, das verstohlen an der Mauer der Muda entlangzog. Es folgten Pferde und schwarze Kutschen, natürlich ohne Sarg und Blumenkränze, denn es sind nur die Armen, die keine Spenden bloß zum Herzeigen wollen, und die Parade endete patriotisch mit einer Art selbstfahrender Kanone. Die teure Verblichene war eine große Dame, die nur einen Bruder hinterließ, einen älteren, aber stattlichen, weißen Herrn, der wie ein Großmeister der Freimaurerei den Schluß des Zuges bildete, abseits von den anderen, dem es daher möglich war, ein Pläuschchen zu halten, wobei er uns sofort mit Bosniern oder anderen Südjugoslawen verwechselte, wo wir doch Istrianer waren, wenn auch aus Materada. Aber wie kamen wir dann in diese noble Kleinstadt? Ich bin hier in die Schule gegangen, Signore, im hiesigen hochnoblen und erzpatriotischen Gymnasium, das (schwindelte ich) auch sie besucht hatte, meine Mutter, welche also – rechnete er sofort nach – vielleicht eine Freundin seiner armen Schwester gewesen war.

Variante

„Wird er denn leben wollen?" fühlte ich mich verpflichtet, die Mutter zu fragen, so als ob der seine ein bewußter Todesakt gewesen wäre, aus dem er wundersamerweise gerettet würde wie der Junge mit dem Kerosin. Wir standen an jenem Abend den Dörfern am Meer zugewandt, wo der Junge geboren war und der Salzstaub sich mit dem Rauch derselben Erde mischte, mit dem Moos unserer Dächer, und sie dadurch bereicherte. Meine Mutter versicherte mir mit Gewißheit: „Er wird wollen, er wird es wollen; ich sage dir, daß er wollen wird", und wir schauten weiter auf die Felder, wo die Erde gerade gepflügt worden war, die eine Kontinuität von Arbeit, Ernten und Jahreszeiten garantierte. Auch ihr Blick war im höchsten Maß beruhigend, aber ich dachte daran, daß sie sich schon einmal geirrt und ganz erbärmlich getäuscht und mir damit gezeigt hatte, daß man an einem gewissen Punkt einfach allein ist und Kinder in die Welt zu setzen zumindest willkürlich. Trocken und vernünftig fragte ich: „Wieviele Jahre noch?" Sie antwortete: „Mindestens zehn". Trotz der Verwirrung, die eine Auferstehung nach siebzehn Jahren der Resignation unweigerlich mit sich bringt, war ich glücklich, daß mein Vater wieder ins Leben zurückkehrte.

Schwarzes Mädchen

Es war ein ganz schwarzes Mädchen, trotz der Berge und der Nacht, und ich fuhr noch weiter in den Süden hinunter. Es erinnerte an die Schuhputzer, Zitronenverkäufer und Feinbäcker in Mazedonien, Montenegro und gewiß auch Griechenland, so wie ich sie mir vorstellte; doch die ganz Schwarzen findet man heute nur mehr in Afrika, aber das ist etwas anderes, oder vielleicht in der Türkei, wo ich nie gewesen bin. Sie hatte eine dunkle Stimme, nicht die einer Dorfschönheit, eher der Freundin im Hintergrund, die möglicherweise ihre Gegenspielerin und Konkurrentin war: aus einer sicherlich armen, kinderreichen Familie. Schon als sie neben mir herging, während ich mit der Hand das Fahrrad die ansteigende Straße hinaufschob, erahnte ich aus ihrer Art, die dunklen Winkel zwischen den Häusern zu mustern, daß sie sich zumindest einen Kuß vorgenommen hatte. Zu dem es dann an einer Wegkreuzung kam, gleichsam als Kuriosität und Andenken, das ein Tourist zurückgelassen hatte. Doch ich verlangte jetzt mehr, und zu manch einem Zugeständnis schien sie bereit, wenn wir uns unversehens an einem Feldrain unterhalb der Straße, im Gras, befänden; aber dem Ganzen verweigerte sie sich, als ihre Nacktheit (wie wenn sie aus einem Fell schlüpfte) zum Vorschein kam, selbst in dem spärlichen Licht der Hütte, zwischen Brüdern und Schwestern verschiedenster Herkunft. So groß war mein Begehren, daß ich sie gleichsam anflehte und mit wenig Hoffnung versuchte, ihr zu versichern, daß ich aufpassen würde. Das war das Zauberwort, und als wir fertig waren, stürzten die Jungen herein. Sie waren ihr gefolgt, wie sie ihr immer folgten; ich war da, aber es war, als ob ich nicht da wäre, sie sprachen von einem Mantel, der im Gras lag, voller Tau. „Von wem ist der?" fragte einer, und ein anderer sofort ironisch: „Der, dem er gehörte, wohin war der unterwegs?" Auch sie schaute den Umhang an, und ihre eisige Antwort klärte mich zudem über das Land und meine eigene Reise auf: „Der ist ins Sanatorium unterwegs. Zum Sterben".

Das Warum der Kutsche

Der Vater der Väter war gestorben, der Freund, der alte Maler mit dem Kopf eines Bischofs. Ich war mit seinen alten Töchtern in der Untermietswohnung, die aus einem einzigen möblierten Zimmer bestand. Sie waren untereinander zerstritten, jetzt auch wegen dieses Todes, der, so schien es, Selbstmord gewesen war – was auf alle Fälle verborgen bleiben mußte, wie auch das Antlitz des noch warmen Verwandten, sodaß wir die Tür zugesperrt hatten. Während sie nicht aufhörten, sich zu beleidigen und zu beklagen, zogen sie sich vor mir aus, und jede nahm ihr gutes Gewand aus dem scheußlichen Spiegelschrank. Plötzlich war ich mit einer, die nur in Unterhosen dastand, allein – die andere hatte voller Wut ganz unschicklicherweise nach Mailand zurückfahren wollen –, ich streckte tastend eine Hand aus, aber sie war in ihrem Zorn davon mehr überrascht als empört und in der Eile wich sie mir aus, ohne erkennen zu lassen, ob sie es bemerkt hatte. Schade: Der Schlüssel war aus dem Schloß gerutscht, und eine Zeitlang suchten wir ihn auf Knien und waren nun besorgt, allein mit dem Toten angetroffen zu werden. Aber es ging gut, die Besuche fingen an, wenige in Wahrheit, und ich mußte gleich das tun, was mir aufgetragen worden war, nämlich das Leichentuch aufheben, aber nur so, daß ich etwas sehen konnte, und den anderen Trauer und Wunder kundtun. Draußen lag Cranzetti, mit seiner schlammigen Landstraße, den Backöfen und Strohschobern. Hinter dem Haus vom Göden Tezca wartete eine große Kutsche, in der wir zu sechst oder siebt Platz finden konnten. Nun empfand ich wirklich Schmerz, und meine Mutter sagte unter Tränen, sie würde sich vorne hinsetzen, wo es eineinhalb Plätze gab, gerade für sie und meine Tochter. Nichtsdestotrotz zeigte ich, während wir auf die Abfahrt warteten, einem wundergläubigen Bauern mein Auto, das vor dem Haus der Cranzetto geparkt war und sich unerklärlicherweise schwarz präsentierte, sodaß ich schwindeln mußte, ich hätte es gerade gekauft. Und dabei dachte ich: deshalb die Kutsche, heute können sich mehr oder weniger alle ein Auto leisten.

Die große Muschel

Die wilde Bucht, seit jeher unser Badeplatz, birgt jedes Mal eine Überraschung für mich, wie den unerwarteten Streifen Wüstensand anstelle der spitzen Felsen, als ob der Ort an sich nicht genügte, mich anzuziehen, mich die fünf Kilometer staubiger Straße im Flug zurücklegen zu lassen, dieser Ort mit dem Schilffeld und dem Mais, die im Meer münden, und am anderen Ufer die Kühe, die ungehütet weiden, sodaß man auch nackt ins Wasser springen kann. Dieses Mal waren es, wie in einer Reihe aufgestellt, drei Wunder, die aber so nebeneinander zunächst nicht zum Vergleich herausforderten, sondern eine einzige Rarität darstellten, ein einziges Wunderwerk. Der kleine Hügel, der eigentlich nur eine Kuppe war, ein Erdhaufen, konnte schon immer dagewesen sein: wir haben so einen auch auf der Babizza, wo du mit dem Fuß Ziegelsteinstücke und altes Geschirr zur Seite schubsen mußt. Die Denkmal-Statue hingegen, die gleich groß war, stellte eine Neuheit dar, die genügen würde, der ganzen Gegend einen anderen Namen zu geben. Und doch, trotz allem, stand sie vielleicht in Gegensatz zu diesem Ort, der gewiß unwürdig war, sie zu beherbergen, aber zumindest mir schien es nicht völlig undenkbar: eine ganze Erhebung aus behauenem und gemeißeltem Stein, die eine Gottheit darstellen konnte, größer als der Riese, der im Tempel von Agrigent liegt (wie hatte ich es wagen können, mich auf des Riesigen, Verbotenen Rücken zu setzen, rittlings zwischen die kleiner werdenden Blöcke der Beine?). Das dritte, ja, das war ein Wunder, das einzigartig ist auf der Welt, neben dem die beiden anderen entschieden abfielen und beinahe gewöhnlich wirkten: eine riesige Muschel, in derselben Größe wie Hügel und Statue, leer natürlich und deshalb leichter und fast luftig, zerbrechlicher und wunderbarer, von einer Weiße und einem matten Leuchten, das dennoch das Auge fast blendete. Ich war auf dem Berg, um mit meiner Frau oder meinem Bruder zwischen dem Schwimmen zu jausnen, und wir sprachen natürlich über die drei Wunder. Ich gab ohne Zögern der Muschel den Vorzug, die nicht aufhörte, mich zu faszinieren, und da wir uns inzwischen woanders hingesetzt hatten, erinnerten mich mein Gefährte oder meine Gefährtin zu Recht daran, daß wir auf nichts Geringerem als der berühmten Venus von X (sagen wir von Knidos) aßen, ich solle das nicht vergessen. Das stimmte, es war völlig richtig, und doch erschien es im Vergleich als etwas Materielles, Endliches, woran man sich lehnen, worauf man sogar gehen konnte, von der Schöpferkraft und dem Willen des Menschen gebaut, aber nicht durchsichtig, unkörperlich, unberührbar wie das andere, das direkt aus dem Meer kam. Seltsam, es war gerade die verschiedene Materie, die das eine begrenzte und das andere unendlich machte, wie wenn das Ewige durch eine seltene Qualität der Materie bestimmt würde und damit wieder einträte in die Sphäre des Körperlichen. Wir stiegen nun von der Statue hinab, und ich entgegnete meinem Gesprächspartner: „Schau, setze einen Fuß auf die Nase, jetzt auf die Lippen, auf das Kinn, wie ist das möglich?" Hinter dem Kopf tat sich ein Abgrund auf, ich hatte einen Moment Angst, aber wenn man den Boden genau betrachtete, entdeckte man doch Stufen wie bei einer Pyramide oder einem

Maya-Tempel. Die andere Person war jetzt mein älterer Bruder, der alle Geschichten von Zuhause kannte.

„Es ist gar nicht so lange her, daß sie da ist", informierte er mich, als er sie von unten anschaute, von wo sie noch mächtiger erschien. „130 Jahre, damals lebte noch eine Urgroßmutter von uns, jene aus Petrovia."

„Und wie ist sie hierhergekommen?" konnte ich mich nicht zurückhalten zu fragen.

„Aus dem Meer, vielleicht bei einer großen Flutwelle."

„Und das Ding, das drinnen war, das mußte auch groß, riesig gewesen sein?"

„Kannst du dir denken", antwortete er mir, „es war ein Meeresungeheuer."

Das Krankenhaus

Sie hatte beim Begräbnis ihres Mannes so geweint (der Schmerz von Vardizza und Pizzudo bleibt ungehört in der Stadt), daß ich mich verpflichtet fühlte, sie zu besuchen, und zwar in Ehren: zudem war sie eine Frau und kein Mädchen mehr, seit Jahren alterslos und erst jetzt, kann man sich vorstellen, wo sie nur mehr Schwarz trägt. Der Schmerz loderte in der seltsamen, kleinen, düsteren Wohnung, in der die Kinderlose allein lebte, unverändert wieder auf. Ich konnte nicht anders als mich ihr nähern, und, obwohl keinerlei Verwandtschaft oder Vertrauensverhältnis bestand, ihr tröstend in die Augen blicken und dabei eine Hand auf die Schulter legen. Sie warf sich in meine Arme und überließ sich ganz ihrem unermeßlichen Leid, zugleich aber auch dem einzig möglichen Trost, und ich, der in der Zwischenzeit älter geworden war und einen Kopf größer, spürte, wie ich plötzlich entflammte. Sie ging darauf ein, und ein kraftloses Zucken erfaßte auch ihre Hüften: für den Moment waren wir auf gleich. Da ging die Tür auf, ich konnte mich rechtzeitig zum Ausguß zurückziehen. Eine Bäuerin kam zu Besuch, die sofort fehl am Platz wirkte, eine außenstehende Person, die die undenkbaren Pausen im Schmerz nicht kennt, auch nicht die eigentliche Struktur des Schmerzes, sondern nur darum besorgt ist, ihn immer wieder zur Sprache zu bringen, und glaubt, damit Erleichterung zu verschaffen. Sie schenkte ihr in der Tat kaum Gehör, suchte eigentlich nur einen Weg, sie sich vom Hals zu schaffen, sie war jetzt die treibende Kraft, denn ich wollte wirklich nicht, daß sich die Dinge überstürzten, ich wollte nichts mehr davon wissen und kehrte zu meiner Arbeit zurück.

Ich saß mit den weiblichen Angestellten in dem riesigen Raum, der auch bei Tag mit elektrischem Licht beleuchtet war, als mein Bruder kam, um mich zum Begräbnis von einem aus dem Dorf abzuholen. Es war eine formelle Angelegenheit, denn er erschien lächelnd und elegant, groß und schlank, sodaß eine der Angestellten bemerkte: „Er ist noch italienischer geworden". Ich stand auf und folgte ihm weniger graziös; aber mit bitterer Genugtuung antwortete ich der Kollegin: „Und bin ich vielleicht kein Italiener?", um sie lachen zu hören, was auch sogleich eintrat. Als ich hinunterging, begriff ich zum ersten Mal, daß ich in einem Krankenhaus arbeitete. Ein paar Männer trugen nämlich auf den Schultern einen kleinen, beinahe quadratischen Sarg die Stiege hinauf, sicherlich für ein Kind, und neunhundert Personen – wurde gemurmelt – warteten in der Halle auf dieses Begräbnis. Ich weinte so sehr, daß mich die Tränen blind machten, der Kopf war auf eine Schulter herabgesunken, in heftiger Revolte gegen mich und gegen alles klagte ich mit lauter Stimme: „Verflucht wir und unsere Sünden, sie verdienen es wirklich nicht".

Das große Feuer

Vor meinem Geburtshaus, auf dem Platz, wo die Schweine geschlachtet und dann gebraten wurden, habe ich das ganze Feuer Vietnams sich entzünden und verlöschen sehen. Es war ein Funke zwischen zwei Zweigen, fast wie im Spiel; plötzlich schlug eine Flamme hoch und das Feuer breitete sich strahlenförmig bis zu den Ställen und Olivenhainen aus. Das Seltsame war, daß alle versuchten, es zu schüren, wie bei einem verrückten Fest von uns Kindern; und sie warfen Wägen hinein, Reifen, Fetzen, Benzinkanister, Betten, Stühle, sogar Tragbahren mit bettlägrigen Alten und nicht entwickelten oder im Wuchs zurückgebliebenen Jungen: alles, alles was ihnen in die Hände kam und das Haus von einer Plage befreien konnte. Jetzt entwickelte sich mehr Rauch als sonst etwas, und im Umkreis von vielen Kilometern mußte man husten, bis nach Cranzetti, wo der Schatten der amerikanischen Flugzeuge mir den Schauder über den Rücken gejagt hatte, und nach Vardizza, wo die Deutschen den Himmel „mit einem großen Trichter" absuchten.

Ich habe auch gesehen, wie es nach zweiundzwanzig Monaten, die eher Jahre gewesen sein dürften (wenige sind wir geblieben, es zu erzählen), kleiner wurde und sich aus dem schwarzen Bett wie aufgezehrt zum Ausgangspunkt zurückzog. Vor dem endgültigen Verlöschen züngelte es blaugelb auf, krank, wie bei der Torfkohle; und auch das verschwand. Ich nahm den Telephonhörer von einem Pfahl in Großmutter Fedoras Pergola und diktierte der Zeitung: „Es ist vorbei; Das ist alles, ich habe nichts weiter zu berichten".

Der junge Papst

Die Nachricht hatte sich in Windeseile verbreitet: der Papst bei uns, zum ersten Mal in Istrien, wenn man von dem kurzen Aufenthalt Pius' VII. im Jahr 1800 in Porto Torre absieht. Aber die Inschrift über dem Portal, die noch heute diese Kirche und dieses Dorf wichtig und einzigartig macht, rechtfertigte die Euphorie, die alle ergriffen hatte bei der großen Ankündigung: Seine Heiligkeit hatte beschlossen, ausgerechnet unser Materada zu besuchen, sich mit unseren wilden Hecken und der roten Erde, die viele Monate des Jahres nichts als eine glitschige Schlammfläche ist, „zu beschmutzen" (wie man einhellig sagte und dachte). Sodaß selbst ich, seit Jahren nicht mehr gläubig und Linkssympathisant, unentschlossen war, ob ich aus der Kirche hinausgehen oder mich wie alle anderen zum Segen urbi et orbi niederknien sollte. Fast hatte ich mich entscheiden, nach Hause zu eilen, um mir die Generalabsolution am Fernsehschirm zu holen (es hieß, sie sei genauso gültig), als ich mir plötzlich heuchlerisch vorkam, kompromißbereit, nur um das Gesicht zu wahren; und um mich dafür zu bestrafen, trat ich aus der Bankreihe hinaus und sank auf dem steinernen Kirchenboden in die Knie. Der Priester schien das Ritual absichtlich langsam zu feiern, um jeden Rest von Hochmut und menschlichem Übermut in mir zu kasteien und mich wieder „die süße Läuterung der Demut" spüren zu lassen. Mit zu Boden geneigtem Haupt murmelte ich vor mich hin, er möge sich beeilen, aber zugleich war es mir nicht unangenehm, ihn auf meine Art (und er würde es verstehen und wissen) für die Güte zu entlohnen, die er uns erweisen hatte wollen.

Als ich wieder draußen war, fühlte ich mich leicht, unerwarteterweise in Harmonie mit der Stimmung des anbrechenden Sonntagnachmittags, wie vor dem Vespergesang oder nach dem Osteressen, wenn wir mit einer Münze auf die harten Eier zielten. In diesem abgezirkelten dörflichen Rahmen wirkte der Pontifex, der wahrscheinlich bei dem frommen und wohlhabenden Verwalter Milos zu Mittag essen würde, nicht anders als ein junger Priester, blond und rundlich, der gleich zu unschuldigem und althergebrachtem Zeitvertreib, wie Sackhüpfen oder Seilziehen, aufrufen würde. Er nahm einem Jungen den Motorroller aus der Hand und deutete an, daß er aufsteigen wollte, wurde aber von seinem langen und ein wenig engen Gewand daran gehindert. Ich schlug ihm vor, auf eine der Steintische zu steigen, die sich vor fast jedem unserer Häuser befinden, er nahm den Vorschlag halb auf und ging zur Türschwelle der Petrović zurück, das Motorrad hinter sich herziehend. Mit einem Satz war er oben, ließ den Motor an und fuhr los, zunächst unsicher, dann schnell geradeaus. Ich traute meinen Augen nicht und bestätigte mir wie ein Idiot: „Der Papst auf dem Motorrad, der Papst fährt Motorrad". Aber ich war der einzige, der sich darüber wunderte und eine so heftige Freude empfand, daß ich mich überhaupt nicht um die Gleichgültigkeit oder das allenfalls gemessene Wohlwollen der anderen kümmerte und in die Dorfmitte lief, um den Frauen und denen, die nicht zur Messe hatten gehen können, die außerordentliche Nachricht mitzuteilen. Als man mich immer noch nicht anhören und verstehen wollte, brachte ich als Kommentar zu diesem gesamten Vormittag, den wir zweifellos unseren Enkelkindern noch überliefern werden, immer nur heraus: „Der Papst fährt Motorrad". Ich lief die zwei Stockwerke meines Hauses hinauf, die seit Jahren unbewohnt waren, und als ich wieder auf der Straße war, kam der junge Pontifex ein wenig verärgert von seiner Motorradtour zurück. Er hielt einen Arm steif, und ich begriff sofort, daß er einen Sturz gebaut hatte oder an einen Pfahl gefahren war. Ich fragte ihn nicht danach, sondern erkundigte mich nur eilfertig: „Tut es weh?"

Er bekundete mir seine Dankbarkeit mit einem etwas gequälten Lächeln: „Wenn ich ihn bewege, spüre ich den Schmerz". Nun war ich neuerlich und unermeßlich froh, daß er einen Unfall gehabt hatte und Schmerz verspürte wie einer von uns. Aber ich wußte mich zu tarnen, indem ich beunruhigt tat: „Ist es etwas Schlimmes?" „Ich hoffe nicht", versicherte er mir.

„Das hoffe ich auch" antwortete ich, und nie war ein Wunsch von mir ehrlicher gemeint.

Die Viper

Ich mußte fünfunddreißig Jahre alt werden und tausendneunhundertfünfzig Kilometer mit dem Auto zurücklegen, um nach Delphi zu gelangen und genau dort meine erste Schlange zu sehen. Es geschah an der kastalischen Quelle, als ich den Strom der Touristen überholen und ein Stück weit hinaufklettern wollte durch die trockene Schlucht zwischen den Phädriaden, auf den Parnaß zu, wo man heute sagt, daß sich dort die Adler verstecken. Ein fingerdicker Eisendraht kam zwischen meinen Füßen heraus und verschwand wieder. Nun gut, an diesem Ort erschien er mir fast vertraut.

Wir quartierten uns in einem gewöhnlichen Hotel oder Kloster ein, und die Nacht verging ohne Probleme. Am Morgen entdecke ich im Winkel der beiden Mauern ein kleines Wunder: die Vertiefung in der hohen Mauer war ausgefüllt wie von einem Schwalbennest, welches aber lebte, eine Haut in der Farbe von Herbstblättern hatte, die die Hippies so gern mögen, am dicksten dort, wo der Kopf beziehungsweise der Plafond war, und zum Schwanz hin sich natürlich verjüngend. „Aber das", sagte meine Frau, „das ist eine schlafende Schlange", und stürzte aus dem Zimmer. Durch den Lärm erwachte das Nest und wurde eine lange, dünne Sache, die nach und nach an Farbe verlor. Sie bewegte sich langsam durch die ganze Aushöhlung und kam auf den Fußboden. Ich war barfuß, ich konnte die Schlange nicht zertreten wie die Gottesmutter auf den Bildern, und so lief auch ich zu den Duschen, den vielen Wasserhähnen in einer Reihe über der Zinkwanne, um Onkel Baldo oder Onkel Francesco zu rufen, die zwischen den Baracken diskutierten, aber zu sehr von ihren Gesprächen über Beihilfen und Krankenkassa eingenommen waren, um einer so läppischen Angelegenheit Gehör zu schenken. Als sie meine Frau sahen und sich bewußt wurden, daß ich nunmehr verheiratet war, und sie Leute vom Land, entschlossen sie sich ein wenig lachend, uns zu Hilfe zu kommen. Natürlich erledigten alles sie, und als ich wieder ins Zimmer trat, lag auf dem Boden eine Art zertretener Regenwurm, den man hinauswerfen mußte, damit er nicht andere Tiere anlockte.

Die Begegnung

Ein junges Ehepaar ging auf den See zu, zuerst küßten, dann zankten sie sich trotz unserer Gegenwart: sie waren aus der Stadt. Sie reich, nicht sehr attraktiv, vielleicht ein klein wenig älter, er anmaßend, ein Schönling und Müßiggänger, und derart sicher, daß sie ihm verfallen war, daß er zu meiner großen Verlegenheit und Empörung seinen Worten Taten folgen ließ. Der Teich verschwand, und wir waren in irgendeinem öffentlichen Garten oder Stadtpark, wo einer der alten Männer sagte, daß man eingreifen müsse, während ich seit jeher gelernt hatte, daß man sich niemals in die Angelegenheiten anderer einmischen dürfe, besonders nicht bei Mann und Frau, die zusammengehörten. Aber sie befreite sich mit einem Ruck von der Bedrängnis der Schläge, wie kurz zuvor am See, das heißt in einem schüchternen Versuch, die Sache zu beenden, natürlich unter Tränen, und flugs war sie hinter der Palisade verschwunden und ließ sich von dem dichten, schwarzen Wald mit Edelhölzern verschlingen. Der Pensionist mit seinem staatsbürgerlichen Eingreifen verfügte nun nicht unschlau, daß ich sie suchen sollte, er würde den Gecken in Schach halten, der sich außerdem niemals herabgelassen hätte, ihr zu folgen.

Ich hatte plötzlich Angst, den unbekannten Wald zu betreten, mit seinen Spalten und tiefen Löchern in der schwarzen Erde, die man kaum sah im Mondlicht, und dennoch, ich konnte von Glück reden, daß es Nacht war und mir wenigstens die Bedrohung durch all das erspart blieb, was sicher zwischen den Blättern und fleischigen Blumen herumkroch. Aber nach Stunden und Stunden war es eine allgemeine und organisierte Suche geworden, sogar die Zeitungen berichteten davon, und Polizisten nahmen daran teil, die sich mittels eines der ersten Telephone, das in der Hütte des Jagdaufsehers installiert wurde, mit der Hauptstadt in Verbindung setzten. Einer von ihnen befahl mir, im oberen Stockwerk nachzusehen, und ich hatte wieder Angst, die morsche Holztreppe hinaufzusteigen und mich vorzuwagen in eine unserer vor Jahren verlassenen Wohnungen, mit dem grellen Blumenmuster-Verputz, der noch ergreifend intakt war, aber einem Fußboden, der nachgab oder vielleicht gar fehlte. Als ich versuchte, eine Tür unter der Treppe, wo man die Besen hinstellt, zu öffnen, fand ich sie, dort hatte sie verzweifelt stillgehalten und stunden- und tagelang gezittert, einen Schritt entfernt von den Nazi-Soldaten, die zur Durchsuchung gekommen waren, sie, die ich nunmehr seit zehn Jahren kenne, mit einer Kraft, die vielleicht an Falschheit grenzt, einer notwendigen aber, von der ich jedenfalls nicht wußte, wo sie sie hernahm, klein und winzig wie sie war, die Augen jedoch groß und ganz naß vor Schreck und der anhaltenden Gefahr, und nicht ein Splitter von Berechnung oder Kalkül in ihnen, wie er hervorsticht aus denen all unserer Frauen. Es war die Frau, die ich mir ausgesucht hatte, wie für mich geschaffen, bei der ich spürte, daß sie mich mindestens zehn Jahre lang lieben würde und noch viele mehr, wenn ich es wollte, und ich lief ins Freie, um meine Freude hinauszuschreien und mit lauter Stimme zu rufen: „Oh du, stundenlang schweigsam, jahrelang geduldig, gehetztes Tier, nur weil du die Tochter eines Juden bist", und das Herz schwoll mir immer mehr an vor Rührung, denn ich fühlte den Tag (und die sichere Liebe) in der Frühlingssonne nahen. Es war eine Freude, die noch tiefer und flammender war als damals, als ich die schon dem Tod geweihte Tante Efa aus dem Krankenhaus holte, auch sie ein gutes Geschöpf, das sich das Brot vom Mund absparte für die anderen und nie in ein Taxi gestiegen war.

Die heilige Stadt

Das Meer endete zu unseren Füßen in einer ausladenden, mächtigen Welle. Aus den Wassern und weiter den ganzen langen Hügel entlang erhob sich – golden – die heilige Stadt. Und das Blau war das von Giotto und der Miniaturen der Augustinermönche in Perugia. „Das Paradies ist der Gesang, den ich am wenigsten kenne", sagte ich laut, im Geist ins Lateinische übersetzend. Und dann badeten wir, jenseits des Dammes, und durchpflügten mit dem Fuß die schäumende, weiße Gischt.

Inhalt

Metamorphose 7
Die wiederholte Hochzeit 8
Die Nachbarn 11
Der gläserne Pilz 23
Das Blatt 24
Der Flügel 25
Das Auca-Gras 27
Das Bergwerk 29
Unterirdische Früchte 31
Der umgestürzte Turm 34
Der heruntergelassene Rolladen 36
Jenseits der Grenze 39
Die Freundin von Preßburg 41
Vater-Sein 43
Wallfahrt 46
Der Garten des Eustachio 49
Dalmatinische Inseln 51
Zigeunerin 53
Vorfahren 55
Die Exhumierung 56
Die Wildkatze 57
Die unberührbare Stute 59
Kannibalen 61
Abendkonzert 63
Bäume von Afrika 64
Afrika 65
Frauengemeinde 66
Fluß-Schlange 67
Saturn 69
Natternhaus 71
Wo ich arbeite 73
Sibille 74
Jacht 75
Die Gräfin Marz. 76
Die Keller des Vatikan 77

Mittelalterliches Dorf 78
Winter 82
Weihnachtskeks 83
Eingeschlossen in der Kirche 84
Die Vipern 85
Verlassene Häuser 92
Die Amme 93
Der Zaun 95
Der Sperber 97
Die Jagd 99
Die Armee zu Pferd 101
Die Entblößung 103
Der Maulbeer-Brunnen 109
Der Märtyrer 110
Der Räuber 111
Die Sekretärin 115
Tod eines Angestellten 116
Das Dorf der Zwillinge 118
Mykene 120
Mongolen 122
Das Kind 123
Tote Moslems 130
Auf- und Abstieg 131
Die Kommunion 133
Die Ricotta-Frau 135
Der Verwandte 137
Das geschenkte Haus 140
Fast als ob die Mutter 142
Variante 145
Schwarzes Mädchen 146
Das Warum der Kutsche 148
Die große Muschel 150
Das Krankenhaus 153
Das große Feuer 155
Der junge Papst 156
Die Viper 159
Die Begegnung 161
Die heilige Stadt 164

Fulvio Tomizza

Der Akazienwald

Erzählung
Deutsche Erstausgabe
Aus dem Italienischen von Maria Fehringer
80 Seiten, öS 148,–/DM 22,–
ISBN 3 85129 014 3

Auf einer Fahrt durch furlanische Gebiete, das Flüchtlingen zugewiesen wurde, empfindet der »Mann aus Istrien« sein Exil von der »einstigen« Erde »dort« als Abschied vom Land, der Arbeit und den Gebräuchen der bäuerlichen Kultur. Der Chronist istrischer Grenzerfahrung erweist sich hier auch als eindringlicher poetischer Maler ihrer Orte.

»Seine persönliche Entdeckungsreise in den istrianischen ›Weltinnenraum‹ unternimmt Tomizza, indem er seine trilogia istriana schreibt, ein Werk der Befreiung und der Selbstfindung.« (Der Standard)

»Ruhe und Beschaulichkeit könnte aus diesen unerschütterbar ruhenden Bildern der Natur sprechen, wenn nicht der Mensch als Störfaktor für die Zeitgeschichte, die dynamisch ist, zuständig wäre.« (Salzburger Nachrichten)

»Vor allem besticht die Erzählung durch ihre Sprache: … eine, die in ihren wenigen Strichen zum Abbild der Landschaft selbst wird.« (Österr. Borromäuswerk)

Wieser